A contre-courant des discours habituellement tenus sur le
« miracle » californien, *Une histoire américaine* est un roman qui
repose autant sur les solides artifices d'un suspense policier que
sur l'ample méditation d'un essai politique : rien ne va aller
comme prévu pour Grégory Francœur, professeur québécois
brillant qui laisse derrière lui, à Montréal, famille et carrière
politique pour devenir l'assistant d'un éminent universitaire de
San Francisco. Francœur, qui croyait refaire sa vie au sein de la
tumultueuse luxuriance de la côte ouest des États-Unis, se
retrouve, à la suite d'un quiproquo (symbole de l'ambiguïté qui
a toujours gouverné sa vie), dans une sombre et dangereuse
affaire de trafic d'immigrés clandestins. Dès la première page du
livre, la belle « clémence » californienne se sera transformée en
démence.

Incorrigible activiste, Francœur, qui avait été invité à diriger
une enquête sur le bonheur, est emprisonné et mis en demeure
de rédiger une longue défense en forme d'autobiographie, pris
en tenaille entre les chantages du FBI et les souvenirs, qui
remontent lentement, d'un long séjour ancien en Éthiopie.
Ainsi, presque malgré lui, s'emploiera-t-il à redéfinir peu à peu
les valeurs de l'*américanité* et la notion trouble, mais impérieuse,
qui reflète l'idée d'« exil intérieur » d'un Américain rejeté par
l'*histoire américaine* telle qu'elle se joue sur le campus de Berkeley comme dans les rues de Los Angeles.

*Jacques Godbout est né à Montréal en 1933. Tout en
menant une carrière de cinéaste et de journaliste, il a publié
sept romans dont le plus célèbre est* Salut Galarneau!, *des*

essais qui sont autant de témoignages sensibles sur l'évolu-
tion rapide d'une culture originale en Amérique. Faite
d'ironie, de tendresse et de poésie l'œuvre de Jacques God-
bout tient une place importante dans la littérature étran-
gère d'expression française.

Jacques Godbout

UNE HISTOIRE AMÉRICAINE

ROMAN

Éditions du Seuil

TEXTE INTÉGRAL

ISBN 2-02-025911-7
(ISBN 2-02-009326-X, 1re édition brochée
ISBN 2-02-009992-6, 1re publication poche)

© Éditions du Seuil, octobre 1986

Pour Serge, Richard, Jean-Pierre,
Florian et Daniel

Si tu n'as pas réussi à sauver ton âme dans les monastères, va la sauver dans le siècle.

RASPOUTINE

1.

Le premier jour (il avait été arrêté à l'heure du bain)
Gregory assista à la mise en terre, devant sa fenêtre,
d'un vieux dattier trapu. L'arbre avait produit, toute sa
vie durant, dans la chaleur profonde de la Death Valley,
des fruits juteux, sucrés et doux, dont les noyaux
oblongs et secs se détachaient facilement sous la langue. Les Travaux publics de l'État de la Californie le
transplantaient du désert à la cour nue de la prison pour
le décor, à l'aide d'une forte grue accouplée à un
camion bleu. Le dattier était si lourd que les jardiniers
durent effacer à la pelle, derrière les huit paires de roues
de la plate-forme, les seize traces en éventail qu'avaient
laissées les pneus en s'enfonçant dans la terre jaune.

Pendant les travaux il cherchait à se remémorer, mais
c'était si loin, un poème appris en classe de versifica-
tion dans lequel rimaient palmes et calme. Mais il se
sentait comme un fruit mûr dans les atomes du silence
carcéral. Ensuite, avant que la noirceur ne gagne, les
projecteurs depuis le toit noyèrent de lumière crue la
cour et l'arbre qui ne pourrait plus jamais dormir. Gregory lui-même eut un sommeil difficile et léger cette
nuit-là sous les néons verts des veilleuses.

Le lendemain midi un gardien lui remit des documents officiels dans un cartable plastifié mordoré, tenu

aux quatre coins par des élastiques rouges et noirs. Il ne l'ouvrit pas immédiatement, comme si de cette façon il allait retarder la démarche administrative ! Il n'avait aucune envie d'en savoir plus long. Il avait été jeté en prison sans appel et se doutait bien que le cartable contenait le premier chapitre d'un récit qui lui échapperait entièrement.

On lui imputait (la République, l'État, Robert Roenicke, procureur) deux chefs d'accusation iniques : le viol sauvage d'une certaine Cheryll Wilson, dix-neuf ans, cent trente-deux livres, le teint clair, les cheveux châtains et abondants, étudiante en biotechnologie qu'il aurait attirée dans le jardin botanique du campus et attaquée vers les neuf heures du soir, le 26 février de l'année courante. Suivait la description incohérente, donnée par la victime, de la façon dont elle avait été bousculée, étouffée, battue, déshabillée et menacée. Sous un prunier japonais. Elle souffrait, depuis cet incident pénible, de crises récurrentes d'aphasie.

L'accusé était averti que les parents de la jeune femme avaient retenu les services d'un célèbre bureau d'avocats de Los Angeles, spécialisé dans les spectacles sanglants et croustillants. Il pensa immédiatement au procès de Charles Manson dont il avait écouté une entrevue radiophonique lors de l'anniversaire de la mort de Sharon Tate, en février. Manson répondait aux questions du journaliste depuis la prison, par téléphone. Show-biz.

D'après un deuxième chef d'accusation, quelques jours plus tard, le 7 mars dans la matinée, Gregory Francœur avait incendié un pavillon du Centre de recherches en physique nucléaire, à l'est du Lawrence Hall of Science, pas très loin du même jardin botanique. Il s'était introduit dans la cour, avec des cisailles, avait entrouvert la clôture et étouffé le chien de garde dans un sac de polystyrène de couleur orange, comme ceux dont se servent parfois les employés de la voirie pour ramasser les ordures le long des *highways*. Les dégâts étaient considérables car ce pavillon abritait aussi les réserves de l'informatique. Les recherches en physique nucléaire étaient subventionnées par les services de l'armée de terre. Le dossier comprenait un ensemble de photographies en noir et blanc montrant les restes calcinés d'un édifice sans style.

La première accusation lui répugnait. La seconde, qui le fit sourire un instant, était beaucoup plus grave. Visiblement on voulait l'accabler, et surtout le rendre antipathique aux yeux du public : *rapist, arsonist*. Lui ferait-on deux procès ? Il était passible, pour viol, de dix ans de réclusion, sans compter les sommes réclamées pour frais médicaux et séquelles psychiques. En revanche les incendiaires, lui avait laissé entendre Roenicke, étaient habituellement enfermés en institut psychiatrique. Militaire ?

Il n'avait jamais envisagé, dans ses scénarios les plus pessimistes, de finir ses jours dans une prison entourée de dattiers transplantés ni surtout d'inaugurer une nouvelle aile de *stucco* vert pomme en étrennant une cellule qui sentait encore le latex frais et la colle de tapis.

Après avoir refermé le dossier il regarda longtemps sans la voir l'armature du grillage de la fenêtre, la vitre épaisse, hors de portée de sa main, coulée dans une gaine de ciment. L'air climatisé le faisait frissonner. Il se dit que la méprise était gigantesque, totale, sublime. Il n'avait jamais incendié quoi que ce soit, il ne fumait pas ! Il n'avait jamais violé qui que ce soit, pas même dans ses plus secrètes pensées. Mon Père.

« Je refusais, au collège, de faire partie des équipes de football et de crosse. Je n'aime ni donner ni recevoir des coups. Je n'ai jamais été violent, pas même avec les animaux. En paroles peut-être ai-je pu évoquer des révolutions ! Jusqu'à mes relations intimes avec les femmes qui ont toujours été plus simples et saines que ce qu'évoque le procureur Roenicke ! »

Le troisième jour il reçut la visite du procureur, un aimable garçon, quarantaine jeune, déjà sur le chemin de la réussite, rêvant plus de politique que de droit, les cheveux gris blond, le visage rasé de près, portant un soupçon d'*Eau sauvage*. Pendant la conversation ils s'évaluèrent, se soupesèrent, les yeux dans les yeux, égratignant à peine leurs carapaces. Dent pour dent.

Gregory obtint, en faveur insigne, un régime spécial : trois semaines de sursis (et de solitude) dans cette cellule étincelante, attenante à la bibliothèque de l'institution, pendant lesquelles il pourrait rédiger sa propre version des faits. Lors de l'interrogatoire initial on avait voulu savoir exactement qui il était, ce qu'il faisait en Californie, le rôle de ses proches, ses allées et venues ? Il consignerait tout cela dans son journal ! On lui accorda d'écrire en français, quelqu'un traduirait ses notes (un collègue de l'université peut-être) pour le jury et les chargés d'enquête. Cette discussion pour préparer le procès dans sa langue maternelle le mit en joie. « J'aurai mené la lutte des langues de l'Atlantique au Pacifique ! » pensa-t-il avec amusement.

En fait, sa qualité d'étranger, invité par une université d'État, fut pour beaucoup dans la décision de Roenicke. Francœur était aussi une figure connue des réseaux de la télévision publique. La noblesse de robe et d'épée a depuis longtemps cédé la place à celle des diplômes et de l'audiovisuel. Mais c'est lorsqu'il évoqua son statut d'ancien député à l'Assemblée nationale que le procureur compatit avec une sourde admiration à ses protestations d'innocence. Pour la forme, la police des mœurs de San Francisco prit contact avec la brigade de Montréal. Francœur n'avait jamais été arrêté ni condamné, ne possédait aucun casier judiciaire, à peine deux points de démérite pour avoir dépassé la vitesse permise une nuit dans un parc national. Le parfait bulletin.

Il n'aimait pas la métaphore, mais il se sentait obligé de se débattre « comme un diable dans l'eau bénite ». D'abord mettre en pièces l'accusation de viol ! Car dans ces histoires de mœurs, l'accusé, même aux yeux de sa propre mère, n'est jamais *vraiment innocent* au départ. Qui peut se prétendre sans péché ? Surtout : il n'avait aucune envie de jouer la victime dans un rituel. Les sociétés protestantes ont besoin, à périodes fixes, comme les catholiques fêtent la Vierge, de condamner un pompier pour grossière indécence à la caserne, un père de famille nombreuse pour inceste sous l'influence de l'alcool, un pédéraste débile pour infanticide au cœur de la canicule ou un étranger (Iranien, nègre, Mexicain) pour agression sexuelle. « Je ne serai pas le violeur de service. » Il avait toujours pleinement contrôlé ses pulsions profondes. Pop psycho.

« *Maybe you've become California crazy ?* » lui glissa le procureur en lui remettant, au moment de le quitter, deux stylos-billes et une épaisse tablette d'un affreux papier jaunâtre, format légal. De vous à moi. Entre hommes politiques, devait se dire le vigoureux Roenicke.

15

« *California crazy !* écrivit-il tout en haut de la première page de son journal. Je ne suis pas fou, et je ne plaiderai pas le coup de bambou. Les délires californiens, l'assassinat à la mitraillette des clients innocents et affamés d'un MacDonald, les lames de rasoir introduites dans les fruits frais d'un supermarché, les bonbons à la strychnine, le goût du sang, l'envie de devenir millionnaire et tout-puissant ne s'attrapent pas en arrivant à l'aéroport comme se respirent des virus, que je sache !

» Je suis né à Montréal, Canada, il y a quarante-huit ans, onze mois et deux jours. Je sais être précis. Mon père, Georges-Henri Francœur, fut toute sa vie représentant de la maison Larousse, célèbre pour ses pissenlits semés à tout vent. Ma mère, irlandaise, me donna le prénom de son premier amant. Elle fut championne de tennis de l'Est de l'Amérique du Nord en 1935, avant d'être enceinte. J'ai étudié, couru, appris mes mots et la vie dans les encyclopédies que papa traînait sur les courts où maman entraînait les espoirs de la classe athlétique.

» Très jeune je devins célèbre dans le monde des communications. A trente ans je naquis une seconde fois, grâce à la télévision. Je gagnai quelques coqs d'or pour mes campagnes de publicité et de relations publiques. J'adorais Voltaire. Je m'inspirais de La Bruyère pour mes personnages, j'empruntais au dialecte des tavernes mes slogans. C'était au temps où les lettres étaient respectées et le langage un art.

» Mais cela ne vous intéresse probablement pas. »

Il se demanda s'il ne devait pas adopter un ton plus solennel, un peu grandiloquent peut-être, qui siérait mieux à sa défense. Un langage d'avocat. N'aurait-il pas une plaidoirie à prononcer, des gens à émouvoir ? Aurait-il assez de talent pour persuader le procureur qu'il faisait fausse route ? Puis il se dit qu'il n'avait jamais triché. On l'aimait nature, comme il buvait son scotch. Il se contenterait d'inviter les lecteurs à partager sa démarche, sa réflexion, ses hésitations, ses souvenirs. Ce jury, ce n'était après tout qu'un groupe d'amateurs anonymes qui avaient tous, pour l'instant, le visage de Roenicke. Sa vie était en jeu ? Hélas Vegas ! La roulette tournait.

« Je suis en Californie *par hasard* et non pas selon un plan machiavélique. Je ne suis pas venu en Utopie satisfaire mes refoulements sexuels ou mettre en danger la sécurité de l'État. Je ne sais pas très bien où ni comment cette histoire a débuté. Peine d'amour et peine de politique peut-être. J'étais venu en Californie pour réfléchir au soleil. On m'a mis à l'ombre.

» Marié, un enfant, je suis aujourd'hui séparé. De la publicité, j'avais fait le saut en politique active, mais j'ai depuis quitté mon siège et le parti. Je me sentais l'étoffe d'un ministre, ce n'était pas l'avis du Premier. Je m'ennuyais dans les corridors du parlement. La frontière entre notre aventure collective et ma vie personnelle a toujours été aussi floue qu'un jour de brume. Ce qui nous arrivait à cette époque, comme peuple, se traduisait en accidents dans ma vie personnelle. Depuis quelques automnes le pays, me faut-il l'avouer ? était, au plan des projets de société, plutôt pénible à vivre. J'avais embrassé la cause du peuple comme s'il s'était agi d'une vaste campagne de promotion publicitaire. Les clients ne répondaient plus.

» Pendant des mois la terre entière s'était passionnée pour l'idée d'indépendance, les caméras électroniques poussaient au coin des rues, au détour des corridors, dans des forêts de micros.

» Il n'y avait qu'un seul sujet de conversation. Mais on ne peut pas passer sa vie en érection nationaliste, vivre de promesses, de futurs qui n'arrivent jamais. J'étais en politique pour faire le bonheur des gens. Nous fûmes bousculés et la population, dans un vote schizophrénique, s'est déçue elle-même. Fiasco. Débâcle. Débandade. Les journalistes étrangers ont remballé leurs outils, éteint les projecteurs, le spectacle était terminé.

» Nous nous étions, encore une fois, contentés d'ébaucher en chantant un brouillon utopique. Il devint évident que nous ne mettrions jamais l'indépendance au propre. C'était un rêve à l'hélium, sans désir profond. Tout s'est ensuite effiloché, brin par brin, comme se défait une ficelle pourrie. De même mon ménage. Mais je n'étais pas une exception : de nombreux couples, après ce référendum, se sont aussi séparés parce qu'ils n'avaient plus rien à faire ensemble. C'était la misère, la grisaille.

» Quelques mois plus tard, je quittais le parti. Les militants étaient devenus irascibles et grincheux comme des chauffeurs de taxi parisiens. Les plus jeunes parlaient avec avidité de sauter dans la carriole du jet-set. Aussi bien se faire remonter le visage quand on a mal aux pieds ! La question nationale n'intéressait plus que les vieux partisans qui dansaient, le soir venu, la Saint-Dilon, la Saint-Jean-Baptiste, la gigue des anciens combattants. »

Et puis l'automne s'amena avec l'hiver dans les tiroirs de novembre. Froids sinistres, vents glaciaux, pluies neigeuses, des nuages gris mur à mur. Depuis deux ans, Gregory n'avait pas d'emploi stable. Il donnait tantôt une conférence, tantôt courait le cachet à la radio, ou animait, à l'occasion, une série d'affaires publiques à la télévision. Mais il était plus connu que riche. Et quand il buvait le produit de ses chèques, en compagnie de ses amis, derrière les vitres des cafés de la rue Saint-Denis, c'était pour s'entendre affirmer, entre deux gorgées de beaujolais nouveau riche, que l'avenir du Québec se situait aux États-Unis. Ferveur nouvelle. Passez la monnaie ! Les Montréalais sont des cyclothymiques avancés. Libre change.

« C'est dans ce contexte que je reçus une offre inattendue : l'American Association of Social Communicators m'invitait à passer six mois, le semestre de l'hiver-printemps, du côté de San Francisco. J'en avais été le secrétaire général huit ans plus tôt. Voilà que le bénévolat rapportait enfin ! Salaire suffisant, projet de recherche, quelques cours pour arrondir les fins de mois, occasion unique de prendre mes distances avec la politique brute, de plonger un bon coup dans la théorie, de me refaire les sangs, de me reconstituer un patrimoine avant la cinquantaine, et peut-être y resterais-je, après tout, en Californie ? »

En réalité Gregory pensa sérieusement en profiter pour s'exiler. Mais les formalités s'avérèrent longues et difficiles. L'officier d'immigration, au consulat américain, fut si désagréable qu'il se contenta de solliciter un visa temporaire de travail. Comme la plupart des Canadiens, il ne connaissait de la Californie que les images mythiques, *surf-boys* et limousines, vins de Napa et séquoias millénaires. Il n'aurait pu dire si l'université de Berkeley, où il devait réaliser son projet de recherche, était loin d'Hollywood. Certains, parmi ses amis, s'inquiétaient sincèrement de le voir partir. Pourraient-ils seulement se reconnaître au retour ? Mais la majorité l'enviait à mesure que s'épanouissaient les tempêtes de décembre. Dans la chronique d'un grand quotidien, une commère lui prédit en deux lignes une carrière miraculeuse qui le mènerait aux grands studios de cinéma.

Se rappelant les semaines qui précédèrent son départ, Gregory réprima un geste de colère impatiente. La commère avait vu juste dans sa boule de cristal : cette prison avait des allures de plateau de tournage avec ses spots noirs montés sur tuyauterie amovible et ses gardiens en costume d'opérette. Où était passé Fred Astaire ?

« J'ai des amis qui adorent organiser la vie des autres. Ils m'ont comblé de recommandations inutiles, de conseils dangereux, d'adresses de *gurus* du nouvel âge. Ma femme, quand je lui ai annoncé la nouvelle, s'est contentée de rire. Mon fils n'a pas dit un mot : aller en Californie était plus de son âge que du mien, c'est ce qu'il ne disait pas. Suzanne riait de soulagement : elle n'aurait plus à me supporter ! Mes parents trouvèrent l'idée saumâtre : ils venaient d'acheter, en Provence, une maisonnette pour leurs vieux jours. Je me trompais de Côte d'Azur. Papa avait baptisé la baraque *Villa la Rousse*. Les voisins pensaient aux cheveux flamboyants de ma mère. Lui ne pensait qu'aux dictionnaires. Il a toujours eu l'esprit maison. Et moi l'esprit de contradiction. Quand papa a voulu me lancer en affaires je me suis fait missionnaire. »

Il se souvenait, trente ans plus tôt, de s'être présenté en tremblant devant une quarantaine d'Éthiopiens de l'University College d'Addis-Abeba, drapé dans une vareuse blanche pour éviter de répandre sur son costume la poussière de craie. Il portait, sur toute la largeur de sa lèvre supérieure, une mince moustache aussi blonde qu'invisible. Ce professeur de philosophie avait à peine vingt ans, des souliers anglais marron trop grands à la semelle trop lourde, ses élèves (musulmans pour la plupart) étaient de dix ans ses aînés. Il venait tout juste de perdre la foi. Il se sentait plus solide sur ses jambes qu'il ne l'était en réalité. Il plaçait tous les auteurs sur une même tablette, les époussetait avec un même sourire sceptique.

Comment s'était-il retrouvé derrière cette chaire de bois blond ? Philosophe ? A cet âge ! Il aurait, à l'époque, entrepris n'importe quoi, assailli un géant, joué tous les rôles qu'on lui proposait, appris tous les codes, accepté de parler de rien, chanté le vide pour seulement fuir le pays glacé des tuques et du goupillon !

Il était né dans une famille d'esprit libre, mais emmaillotée dans une culture étouffante. Et puis ce contrat inattendu avec le ministère de l'Éducation abyssin, c'était soudain la possibilité de convoler en justes noces, de gagner un salaire, de traverser l'Europe en pacha, de pénétrer au cœur de l'Afrique aux frais de Sa Majesté sérénissime l'empereur Hailé Sélassié. Il n'était pas vraiment un enseignant, à peine un littéraire dans la marge, jeune poète sur les traces d'Arthur Rimbaud, qui avait entendu parler du Harar par hasard. Avec autant d'innocence que de mauvaise conscience, dans le plus pur sillage de la Grande Culpabilité occidentale, il s'en venait « aider les nègres », les initier à la modernité.

Le premier jour de classe, ils étaient quarante à se demander de quelle autorité ce jeune blanc-bec était monté sur l'estrade. Il s'approcha de la fenêtre avec anxiété, écrivit « A » au tableau noir, pour Aristote, se retourna et eut un blanc de mémoire. Que venait faire Aristote à Addis-Abeba ? La logique était-elle universelle ?

Suzanne, ce soir-là, laissa brûler carottes et haricots, au fond de la casserole d'aluminium, en écoutant Gregory raconter sa « série noire ».

2.

Il n'était pas venu, bien sûr, aider les indigènes de la côte du Pacifique à prendre le virage technologique ! Les missions californiennes, avec leurs églises hispaniques et leurs cimetières indiens ratissés, appartiennent désormais au circuit touristique, au même titre que Disneyland. L'Album.

Mais il s'imaginait témoignant, à sa manière, de la culture française en Amérique, dans le cadre, par exemple, d'un cours sur la politique et les communications. Cette fois-ci, les élèves seraient de trente ans ses cadets. Surtout, il refusait d'admettre qu'il ait accepté l'offre de la AASC pour son *seul* plaisir. Il ne pouvait rien entreprendre qui n'ait une saveur *sociétale*. Il avait toujours cherché à habiter ce lieu béni où se rencontrent le public et le privé. Il se donnait et se prenait tout à la fois, protégeant de toutes ses forces son intimité, mais s'avançant dans la foule à visage découvert. Cœur saignant.

Était-ce cela, le parfait bonheur, l'ultime jouissance judéo-chrétienne ? La rencontre inattendue du plaisir solitaire et des récompenses publiques ? Il n'avait qu'un désir, comprendre le tam-tam de la société locale, sans heurts, trouver sa niche, et là, comme une statue miraculeuse, briller discrètement. Cette fois-ci il ne porterait pas la redingote blanche des laborantins et des chaussures de banquier, il s'amènerait en civil romantique, négligé étudié, les viscères remplis de phosphore.

« Je ne voudrais pas recourir au mythe de la sorcellerie, mais est-ce possible qu'entre une personne et un lieu s'établissent immédiatement des relations magiques ? Se peut-il qu'une culture engendre des processus chimiques irréversibles ? Que l'on soit, sans l'avoir voulu, un catalyseur ? Dès les premières heures, dans ce pays excessif, je perçus des rapports improbables entre le passé et l'avenir, par-delà les océans. Une musique qui n'avait plus aucune logique, une harmonie surnaturelle. Étrange Californie ! L'Éthiopie criait famine et j'entendais, dans la baie de San Francisco, les stands de *fast food* faire la quête. Ils épousaient avec génie une noble cause pour mieux faire mousser leurs activités commerciales. »

Gregory Francœur avait toujours été plus sensible aux messages publicitaires que le consommateur moyen né des sondages statistiques. Cette faculté lui avait permis de percevoir, sans jamais faire d'erreur, les créneaux cachés dans lesquels promouvoir un produit. Les ondes marchandes soufflaient plus encore sur la côte Ouest qu'en son pays le vent d'hiver. Il vibrait comme une girouette.

« Dairy Queen, Burger King et compagnie vous invitent à manger gros et vite, les pourboires seront pour l'Afrique ! Et les clients gavés de frites et de générosité rentrent ensuite chez eux nourrir le chat ou le chien. Mais ils offrent, sans le savoir, à leurs animaux domestiques, des banquets de chair sauvage, morceaux de gazelle ou lambeaux de zèbres mis en boîte. *Cat food. Dog food.* Bonne conscience ? A saveur d'éléphant. Ouvrez une boîte de nourriture pour chien, au hasard, Dr Ballard, Pepper, Canigou, ou Pal, et tendez l'oreille : vous entendrez l'écho des cris de Tarzan. Le dernier soupir des babouins. Le silence de la savane. Dans les journaux, l'Éthiopie et la famine sont en première page. Dans les supermarchés l'Afrique est à l'étalage. »

Il était si ému, au souvenir des affiches portant le visage émacié des enfants d'Éthiopie collées sur les murs des restaurants, qu'il poursuivit sa diatribe quelques pages encore. Puis il se rendit compte qu'à ce train son journal lui serait de peu d'utilité. Le jury n'avait pas à juger les responsables de la mort des enfants du désert, mais le viol dont on l'accusait, et l'incendie volontaire qu'on lui imputait. Les souffrances de Cheryll Wilson n'étaient pas une petite chose. La peste ne tue pas des masses, pensa-t-il, mais des individus. Il changea de registre.

« Quand je suis arrivé à San Francisco dans les derniers jours de janvier par le vol 759 d'Air Canada, un jeudi midi, une heureuse fatigue m'irradiait. Suzanne, dans un dernier geste d'abnégation, était venue me reconduire à l'aéroport de Dorval. Mais je laissais l'hiver derrière moi et je trouvais de ce côté-ci un temps radieux, tout en ciel bleu et soleil discret.

» Les trois premiers soirs je dormis dans un lit grand

comme un terrain de football, à l'hôtel Durant, sur la rue du même nom, à Berkeley, où je m'étais rendu par le petit car de l'Airport Connection. Nous étions six passagers disparates dans le minibus, réunis seulement par la complicité du voyage. Un juif russe, très âgé, allait retrouver ses enfants sur la côte. Les quatre autres, deux couples de yuppies hilares, venaient s'ébrouer sur les plages avec les otaries.

» Assis dans le fauteuil à côté du chauffeur, j'avais une vue imprenable (en Technicolor) sur les eaux de la baie, ses canards sauvages, les collines de San Francisco, l'île au trésor, les sculptures de bois trouvé. J'absorbais les paysages comme une cellule photo-électrique se nourrit de lumière. J'en tirais une énergie nouvelle, inconnue à ce jour. Au coin des rues je dévisageais les passants, les dévorant des yeux. Je les avalais comme on prend des vitamines. J'étais enfin bien dans ma peau. Libre. Le sentiment ne pouvait être que superficiel, mais on ne passe pas sa vie à seulement nager dans les profondeurs ! »

Arrivé à l'hôtel Durant, après avoir ouvert ses valises dans la chambre, Francœur choisit immédiatement de s'intégrer au décor. Il entra chez Henry's, comme s'il était un intime, et s'offrit dans ce faux pub anglais un bain de foule en toute liberté. Il commanda le plat du jour (sole aux câpres, brocoli, endives) et une bouteille de chardonnay. Lui qui ne pouvait s'asseoir en paix dans un seul bar de Montréal, où toujours quelqu'un se sentait autorisé à lui faire part de ses opinions originales sur la situation politique, resta quelques heures à table, anonyme, à jouir du tohu-bohu et des cris des étudiants qui se retrouvaient avec joie après les vacances de Noël.

Mais ce n'était qu'un entracte. Quand il reçut l'addition, il multiplia par trois repas, ajouta le prix de la chambre, calcula le taux de change américain et comprit qu'il n'allait pas longtemps mener la vie d'hôtel. Il lui faudrait se mettre rapidement à la recherche d'un meublé. C'était la première fois en vingt-cinq ans que Gregory Francœur allait, nouveau célibataire solitaire, se faire face à lui-même.

Suzanne lui avait proposé la séparation de corps et d'esprit, sans recourir au divorce, quelques semaines avant son départ. Ils avaient choisi Noël pour célébrer cette décision aussi triste que nécessaire. Ils savaient tous deux que leur amour ne passerait pas l'hiver. Sa femme détestait l'idée d'habiter les États-Unis, ne fût-ce que pour quelques mois, mais ce n'était évidemment pas la raison pour laquelle elle le quittait. Elle ne voulait plus avoir à se préoccuper de ses humeurs maussades. Congé. Soupé. Suffit. « Chacun pour soi, à chaque bout du continent, dit-elle, et les veaux seront bien gardés. »

« Elle avait connu mes frayeurs d'étudiant, mes angoisses d'enseignant, mes prétentions d'artiste, mes inquiétudes de créateur, mes discours publicitaires, mes théories de communicateur, mes ambitions politiques. J'avais été une plante fragile qu'il fallait chérir, arroser, éclairer, rempoter, montrer, comparer, encourager quand venait l'automne. »

Suzanne en avait eu assez, tout à coup, de jouer les horticulteurs. Peut-être était-il, depuis plusieurs mois, sans se l'avouer ouvertement, en profonde dépression ?

Il pesait de plus en plus lourdement sur les épaules de sa femme : porte-moi ! Il la pressait sans cesse, comme la princesse son miroir, de le dire le plus beau, le plus grand, le plus robuste. Elle lui donnait sa juste mesure. Elle le soutint pendant qu'il titubait sur ses échasses d'orgueil. Mais elle ne pouvait plus lui mentir : depuis sa démission politique, Gregory n'avait rien entrepris de valable. Dépressif, il était contagieux. L'air qu'il expirait était chargé de poussières toxiques. Sa salive devenait acide.

De son côté Suzanne menait depuis cinq ans surtout une carrière en flèche ascendante : psychopédagogue, chargée de projets, inondée d'argent de recherche, elle courait de séminaires en congrès sur l'enfance exceptionnelle. A la blague, elle racontait que Gregory à lui seul était toute son expérience dans ce champ difficile. L'offre de partir en Californie était arrivée à point. L'enfant Gregory n'en pouvait plus de jouer les caractériels de génie. Le soir de Noël, Suzanne et lui avaient bu le champagne de circonstance, écouté de la musique ancienne, tout en clochettes et neiges blanches, échangé leurs derniers cadeaux (une trousse de voyage pour Gregory, en cuir bourgogne, une photographie – encadrée – de Gregory pour Suzanne, afin qu'elle ne l'oublie pas ! Il était allé chez un portraitiste professionnel qui lui avait glissé un tabouret sous les fesses, une fausse clôture sous les coudes, et tiré le visage vers l'avant, la tête à demi tournée. On eût dit une publicité réussie pour un vermifuge).

Après le réveillon Gregory avait voulu faire l'amour sur le tapis, à côté de la crèche fétiche, au pied de l'arbre allumé. Mais Suzanne l'avait traité d'âne. La nuit s'était terminée en douceur à la lueur des étoiles du sapin. Il était parti seul enfin, dans l'aube glacée, à regrets et guilleret tout à la fois. Il allait « faire un homme de lui » et dormir chez sa mère jusqu'à son départ.

Trouver un appartement, ou même une chambre, dans une ville universitaire de la côte Ouest comme Berkeley, tient du safari. Il s'adressa aux agences de location et à tout hasard afficha une petite annonce, parmi les centaines de feuillets multicolores qui couvraient comme un patchwork les poteaux de téléphone du quartier.

« Tous les matins, il y avait deux douzaines d'étrangers, Taiwanais, Polonais, Japonais, Allemands, Pakistanais, Anglais et le reste, à faire la queue pour éplucher une "nouvelle" liste de l'agence, à la recherche éperdue du lieu idéal. Les prix confirmaient la rareté des appartements. Deux jours de suite je fis le tour complet de la ville, à pied, passant d'un téléphone public à une visite inutile, à mille regrets c'est loué, à un refus, vous n'avez pas de références, à une maison superbe mais vide, à un taudis humide. »

A la fin du deuxième jour, Gregory Francœur alla s'écraser dans une salle du centre-ville, le *Santa Fe Bar & Grill*, où l'on servait des ballons de chablis frais dans un décor de chemin de fer. Le premier Californien avec lequel il trinqua (« *Have a nice day !* »), un ivrogne qui vidait des gallons de Gallo (« *Have a nice drink !* »), lui présenta un ami qui avait solution à tout. L'homme l'emmena dans sa Porsche (c'était la première fois de sa vie qu'il s'asseyait à ras du sol, dans une voiture aussi puissante, le bas du dos coincé entre les silencieux brûlants) sans excès de vitesse jusqu'à la rue Piedmont : une maisonnette en bardeaux sombres somnolait sous les feuillages humides. Elle était isolée des demeures voisines par des massifs épineux. Dans la cour, un ensemble imposant de pins hauts comme un idéal devait cacher le soleil en plein midi. Le tout évoquait, au choix, un repaire de sorcières édentées ou une cabane de corbeaux tout droit sortis des contes illustrés de Grimm.

« Mais enfin c'était un toit ! Disponible. A bon prix. Avec un petit foyer en brique rouge, du bois sec coupé dans la cour, une cuisine à décrotter et de l'eau chaude au gaz naturel. Le propriétaire, parti vers l'Asie pour un voyage au long cours, avait abandonné son énorme Buick recouverte d'une housse grise sous un lampadaire de la rue, devant le portique. Des pinsons y avaient fait leur nid.

» Je sous-louais d'un démarcheur, mi-concierge, mi-étudiant devant l'Éternel, qui rédigeait dans ses temps libres une thèse de maîtrise sur "l'idée de liberté dans les œuvres de Jacques et Raïssa Maritain". C'est aussi lui qui sortait les poubelles deux fois la semaine, entretenait la pelouse et les arbrisseaux. Il habitait de l'autre côté de la rue, dans une conciergerie.

» Je signai sur place le bail et quelques chèques de l'American Express qu'il empocha avec ma carte de visite. Par civilité, je lui expliquai que je préparais une enquête sur l'idée de bonheur et que nous devrions en discuter un jour. Il proposa de me faire visiter une de ces banlieues cossues que les promoteurs californiens construisent pour adultes seulement. Des villages interdits aux couples avec enfants devaient sécréter une nouvelle idée du bonheur, dit-il, et je pourrais commencer mon travail par un essai comparatif entre les plaisirs sensuels du bain tourbillon et les joies (familiales) de la piscine. Maritain, avec sa bonne tête poupine, était convaincant. Puis, pour me rassurer sans doute, il ajouta que Berkeley restait une communauté ouverte et que je m'y sentirais chez moi. "*Have a nice evening*", il me tendit les clefs.

» Je me dirigeai à pied vers l'hôtel Durant que j'atteignis un peu après sept heures. Le gardien de nuit, un Japonais, me remit une enveloppe en même temps que la clef de la chambre. C'était une lettre que mon fils m'avait adressée. Enfin, un pli. Janvier (il est né au cœur d'un blizzard) n'écrit jamais, à proprement parler, mais de temps à autre il glisse dans une enveloppe une coupure de presse qui lui paraît pertinente. C'est une habitude qu'il a prise dans une école active où les enfants à cœur d'années se consacraient "à la recherche" plutôt qu'à la grammaire. Suzanne et moi étions des promoteurs ardents de l'école alternative. Janvier y a acquis la parfaite maîtrise des ciseaux et le mépris total de l'orthographe. Il s'amusait, étant enfant, à découper les encyclopédies de son grand-père pour ses travaux scolaires. Georges-Henri n'appréciait guère. Janvier ne comprenait pas pourquoi il n'aurait pas accès aux sources. Cette fois-ci la coupure venait d'un journal, signée de l'agence France-Presse, elle émanait du Vatican. Je la lus en attendant l'ascenseur.

(AFP) Le diable existe réellement, a déclaré lundi le cardinal allemand Joseph Ratzinger, préfet de la congrégation pour la doctrine. Le haut prélat, responsable de la pureté de la foi, a affirmé que le diable est une présence mystérieuse mais réelle, personnelle et non sym-

31

bolique. Il s'agit, a-t-il souligné dans une entrevue accordée à l'hebdomadaire catholique *Jésus*, d'une réalité palpable, puissante et capable d'immenses atrocités. Il y a déjà des signes, a-t-il affirmé, du retour de forces obscures pendant que dans le monde sécularisé augmentent les cultes sataniques.

» Ainsi Janvier me disait à sa manière son amour filial. Il voulait me prévenir, pensant : ces cultes fleurissent en particulier en Californie, tu n'es pas plus à l'abri des forces du mal là-bas que les théologiens superficiels dénoncés par le cardinal Ratzinger et qui mettent en doute la présence réelle du diable, je t'envoie le texte du journal, je ne l'ai pas inventé, on ne se parle jamais toi et moi, mais te voilà bien seul dans un univers dangereux, je pense à toi cher papa. »

Gregory Francœur savait surtout son fils totalement dénué de tout sens de l'humour. Quand il découpait un texte, c'était au pied de la lettre. C'est pourquoi la rencontre qu'il fit dans l'ascenseur, alors qu'il avait encore l'article en main, d'un garçon plus grand qu'un joueur de basket qui se frappait la tête contre les parois de la cage en gémissant comme un possédé anxieux lui donna à croire que Satan s'était effectivement faufilé entre les portes. Délire et drogue, délivrez-nous Seigneur, il sortit avec soulagement au troisième étage. Des gouttes de sueur lui coulaient entre les omoplates, son col l'étouffait. *California crazy ?*

Il avait toujours été particulièrement influençable. Cette seule missive de son fils, postée sans doute le jour de son départ, l'amena à faire ses bagages le soir même. Il remplit ses deux valises en peau de buffle, achetées d'un Italien à Asmara, en Érythrée, inusables depuis son mariage, et descendit l'escalier pour éviter de reprendre l'ascenseur. En nage il demanda la note, on lui compta la nuit, il ne voulut pas s'expliquer et paya tout de go.

Devant l'hôtel une jeune fille jouait la femme-orchestre. Sur la tête un casque de Viking surmonté d'une ampoule rouge qui clignotait en musique, sous ses doigts un synthétiseur à batterie branché à deux haut-parleurs, aux pieds des ficelles pour articuler le bâton de la grosse caisse et les cymbales, elle produisait une sonorité divine, chantait dans son micro-cravate avec une voix d'extraterrestre. Francœur se sentit défaillir. « *Live aid for Africa* », disait le carton de l'assiette à ses pieds. Et l'ange lumineux lui rendit la paix de l'âme. Un certain bonheur. Il aurait souhaité parler avec la jeune fille, mais elle enchaînait ses chansons sans reprendre souffle. Il jeta son obole, héla un taxi et se rendit sous un ciel laiteux, éclairé d'une lune froide comme une aspirine, dans ce qui allait être son premier refuge de célibataire.

Inhabitée depuis plusieurs mois, la demeure était une glacière humide. Il se sentit épuisé tout à coup, vidé, incapable d'aller chercher du bois ou même de descendre dans la cave allumer le gaz. Il n'avait pas marché autant depuis ses années d'études à Paris ! Il bloqua la porte, déposa ses bagages dans l'entrée, alluma la lanterne de la cour, monta à l'étage en traînant les pieds, se demandant qui de Dieu ou de Satan était mort le premier dans sa vie, pénétra dans la plus grande des trois chambres à coucher et sans plus s'étendit sur le matelas nu, jauni par l'humidité, taché de sang comme tous les matelas d'un certain âge. Il s'endormit aussitôt en chien de fusil, enveloppé dans son imper beige comme dans un sac de couchage.

« Je n'ai pas rêvé, cette nuit-là, j'ai cauchemardé : pour mener à bien mon enquête sur le bonheur, je devais interroger dix chiens tenus en laisse par des Africains gras aux cheveux gris. Partout des posters de Janvier s'étalaient sur les murs comme s'il était une vedette du rock. J'avais peine à mener à bien mon travail. J'étais installé sur le siège arrière d'une décapotable en marche que conduisait Maritain. A mes côtés, Suzanne dactylographiait au fur et à mesure les hypothèses de ma recherche. Au coin d'une rue nous avons heurté rudement la fille-orchestre qui s'était avancée jusque sur la chaussée. Elle roula par terre avec ses instruments, je sautai sur le pavé, tentai de la relever, elle me glissa entre les doigts comme du sable. Un joueur de basket passa, il distribuait dans un ballon, coupé en deux pour faire assiette, des pilules multicolores. J'en pris une poignée, les avalai, me retrouvai au lit avec la fille-orchestre pendant que Suzanne jouait de ses instruments. Après, je ne me souviens plus. »

3.

Au petit matin, ne sachant plus trop où il se réveillait, ni dans quelle ville ni dans quelle chambre, il prit conscience soudain que ce qu'il avait cru être des rideaux plein jour, tendus devant la fenêtre face au lit, c'étaient en fait deux *chammas* tendus sur des pôles de bois, ornés de magnifiques bordures or et orange, des *chammas* du dimanche. Il referma les paupières (un instant) pour mieux revoir les silhouettes lointaines des Éthiopiens des hauts plateaux portant sur leurs costumes ces toges blanches, un pan de tissu sur une épaule, ou bien glissées comme une cagoule sur la tête, les hommes mordant souvent l'ourlet entre leurs dents pour se protéger du froid et des regards indiscrets. Quand il rouvrit les yeux, il alla palper les *chammas*. Il enroula les fils entre le pouce et l'index ; devait-il s'inquiéter de la présence étrange, inattendue, de ces cotons vaporeux ? Les toucher lui donnait un aussi puissant plaisir qu'une odeur venue du fond de l'enfance. Était-ce un signe ? Comment l'entendre ? Certes le propriétaire pouvait avoir voyagé et rapporté d'Addis-Abeba ou de Gondar ces vêtements dont il avait jugé par la suite qu'ils orneraient agréablement les fenêtres d'une chambre à coucher.

Mais ce raisonnement n'était pas très convaincant.

Peu de gens visitent pour leur seul plaisir l'Éthiopie, d'autant plus que le renversement du négus n'a pas rendu les périples touristiques particulièrement aisés, ces dernières années. Pendant des mois, sous le régime hallucinant des colonels marxistes, les vidangeurs tous les matins à l'aube ramassaient des paniers d'osier débordant de membres coupés. Avant-bras, talons, doigts, têtes d'enfants, sexes, épaules tranchés net, comme morceaux de canne à sucre. Autopsie politique.

Addis-Abeba n'apparaissait nulle part dans les forfaits de vacances, ce n'était pas encore une promotion du Club Méditerranée. Qu'était vraiment allé faire au fond de l'Afrique sémite ce citoyen californien ?

« Me préparer, sans doute, un quart de siècle plus tard, un décor semblable à celui de mes noces, comme si je devais entreprendre mon célibat sous les auspices du lion de Juda. »

Gregory se sentit étourdi. Puis les souvenirs se précipitèrent, qu'il avait enfouis dans l'armoire aux émotions perdues.

« Quels efforts nous avions dépensés, Suzanne et moi, pour seulement transformer cette vilaine case de terre battue en un lieu qui nous ressemblât ! Je m'étais procuré au Mercato des poudres jaunes, bleues et vertes, solubles dans l'eau (un sachet, un seau), j'en avais badigeonné les murs recouverts de papier peint pourri. Puis nous avions accroché aux quatre coins des assiettes de terre que j'ornai de têtes inspirées de Rouault. L'effet était plus symbolique que réussi, les murs étaient chamarrés, les boiseries bigarrées, les assiettes, dans l'humidité sombre de la maison, ressemblaient à des orbites évidées. Mais nous avions réalisé en commun notre premier décor intime ! Il y en aurait tant d'autres ! »

C'était, chez lui, une manie. Mettre de l'ordre dans ses bagages et dans la maison, c'était aussi ordonner ses idées.

« A l'hôtel Durant je trouvais le plus souvent un prétexte pour blaguer avec la femme de chambre ou échanger avec le concierge. Ce matin-là je pris conscience qu'il me faudrait désormais parler seul, comme une vieille abandonnée de tous.

» Par la fenêtre, à travers les *chammas*, je pouvais voir les tourterelles qui commençaient leurs poursuites à cette heure dans un soleil déjà féroce. Dans la maison qui dégageait des odeurs de cadavre j'allais d'une pièce à l'autre comme une araignée. Je jouais des rôles, changeant le timbre de ma voix, déplaçant des meubles beaucoup trop lourds pour moi, me répondant de la salle de bains au salon. J'étais la Femme de ménage, le Plombier, l'Architecte, l'Ensemblier, le Locataire déçu, l'Enfant perdu. A nous six nous avons bien travaillé. Je pensais à un article de magazine, que m'avait jadis découpé Janvier, dans lequel un psychiatre décrivait les seize personnalités d'une patiente schizophrène. Quel plaisir c'eût été de travailler ensemble !

» Maritain m'avait expliqué que j'obtenais ce logement au rabais à la condition expresse que je nourrisse les chats de la maison pour le maître du lieu. Une chatte grise somnolente et un mâle au poil de vison m'attendaient patiemment sur le balcon arrière. Le frigo débordait de boîtes de saumon et de thon. Les armoires de la cuisine étaient pleines de sacs de nourriture sèche et de biscuits. Ce n'était pas le Sahel ! Je me présentai. Elle se nommait Kittie, lui Lucifer. Kittie, d'après Maritain, était la mère de l'autre, mais Lucifer était horrible à voir avec sa queue courte paralysée. Ils me regardèrent de loin leur servir la pâtée. J'ajoutai un bol d'eau froide et les laissai dehors. Lucifer montra les dents. De les voir se précipiter ainsi sur leurs assiettes m'ouvrit l'appétit. »

Le quartier résidentiel où Gregory Francœur avait loué la maison s'étendait depuis les buttes de l'hôtel Clairemont, un magnifique et vaste édifice à peu près victorien, habillé de blanc comme un joueur de tennis, jusqu'à la baie de San Francisco dans laquelle s'avance la jetée de Berkeley. N'ayant aucune provision pour un animal à deux pattes, il quitta le Château des chats et descendit paresseusement la pente naturelle des trottoirs, se retrouvant rapidement sur la plus célèbre des artères marchandes, l'avenue Telegraph, qui elle-même débouche sur l'université et semble pour toujours figée dans un décor hippie des années soixante. *Peace 'n love*.

Il se laissa tenter par l'odeur chaude de la pâte qui cuisait chez *Blondie's*, commanda une tranche de pizza aux légumes et à l'ail *(vegetarian)*, qu'on lui servit dans un papier ciré. Son repas dans une main, un journal dans l'autre, Gregory s'installa au soleil, assis sur un muret, et lut dans le *Bay Guardian* les nouvelles locales. La principale histoire était horrible comme un conte de fées. « Boucher, boucher, qui as-tu là dans le saloir ? » Il pensa à Georges-Henri, puis se retint : il n'allait pas imiter son fils Janvier maintenant ! Deux jeunes filles avaient été attaquées, la semaine précédant son arrivée, à coups de couteau. L'une en était morte, l'autre serait pour le reste de ses jours un légume en chaise roulante.

Toutes deux étaient des enfants de bonne famille et de bonne réputation, de brillantes élèves d'une école privée qui avaient mis à profit un après-midi de congé pour aller rôder du côté du « château » de l'héritière des voitures Pullman. C'était une « folie » californienne, comme il y en a tant, un immeuble baroque dont John Kennedy avait à une époque songé faire la « Maison-Blanche » du Pacifique. L'on racontait que le château, abandonné depuis dix ans, cédé par testament à la municipalité, était hanté par les âmes des invités qui, séduites par le souvenir des fêtes, n'avaient jamais pu se résoudre à quitter les lieux.

L'on disait aussi que ses cinquante-trois chambres recelaient des trésors. Que la nuit, les valses d'autrefois faisaient danser les chênes du parc.

Les deux jeunes filles avaient d'abord arpenté les jardins et visité les dépendances quand le gardien, habillé d'un uniforme bleu fourni par la municipalité, les avait invitées à entrer, si elles désiraient *vraiment* jeter un coup d'œil sur les fantômes du Château Pullman. On imagine leur plaisir ! Les visites étaient habituellement interdites. Entendirent-elles, dans les longs corridors, le sifflet des trains qui avaient fait la fortune des maîtres ? Le rythme des roues martelant le métal des rails, le vent des plaines, les mugissements des bisons ? Furent-elles émues des odeurs de moisissure que dégageait le papier tenture victorien ?

Quelques minutes après qu'elles eurent mis les pieds dans le hall, le *gardien* les avait attaquées, blessées, terrassées, attachées et jetées dans le coffre arrière de sa Dodge Dart rouge pompier. Puis il s'en était allé comme tous les jeudis jouer au Monopoly chez sa sœur. Marven Garden. *Do not pass go.* Il avait perdu la partie et après une dernière bière il rentra chez lui, vers minuit, empruntant un canyon où il abandonna les jeunes filles au fond d'un fossé.

Au petit matin, racontait le *Bay Guardian*, l'une des deux s'était traînée jusqu'à la route et fut ramassée par un automobiliste. Ses cheveux étaient maculés de boue et de sang, ses épaules déchirées. Elle signala la présence de sa compagne au fond du ravin, et toutes deux furent transportées à l'hôpital. Mais la plus courageuse, qui avait atteint à force de poignets le talus, mourut le soir même au bout de son sang. La plus petite, touchée à la colonne vertébrale, ne pourrait jamais plus utiliser ses jambes.

« Le gardien du Château Pullman, un Noir dans la trentaine, au dos large et à la chevelure bouffante, fut arrêté le lendemain et écroué. Il refusa de témoigner à son procès. Aujourd'hui, il est dans cette même prison où l'on m'a enfermé, dans une aile plus ancienne, qui fait face à ma cellule, et je pense voir parfois son poing serré sur le barreau d'une grille en fer forgé. Comme s'il attendait la mort ou que le mur s'écroule !

» Je me suis d'ailleurs promené dans la bibliothèque de l'institution, ce midi, qui déborde de renseignements pertinents : depuis que la peine de mort a été à nouveau proclamée, ai-je lu dans une revue de criminologie, l'on a électrocuté, gazé ou pendu, au choix des États dont le menu varie, cinquante détenus dont trente-cinq Noirs. Pour chaque cent mille de population américaine, les statistiques révèlent que l'on trouve en prison cinq cent soixante-quatorze (574) Noirs et seulement soixante-cinq (65) Blancs. Il leur faudra ajouter, dans leurs colonnes de chiffres programmés, un Canadien français par tranche de rêves *made in USA* ! »

Ce n'était pas une mince affaire de préparer seul sa défense et de tenir ce journal ! Normalement Gregory aurait dû pouvoir appeler à l'aide, et voir se précipiter dix témoins crédibles prêts à jurer leurs grands dieux qu'il y avait erreur judiciaire ! Mais quand Roenicke avait réclamé des noms d'amis proches, il avait été incapable d'en trouver un seul. Maritain ? Il ne connaissait que son surnom. Chacun vivait dans sa bulle, ou dans sa voiture, les yeux fixés sur les feux rouges de ses ambitions personnelles.

« Ici les échanges se font avec célérité, les communications avec civilité, mais personne ne s'engage au plan personnel. Ce n'est pas pour rien que l'on invente, en Californie, autant de thérapies. Chaque massage est une façon d'éviter un rapport avec l'autre. On se sent facilement comme l'idiot du village global.

» Ainsi, quand ce midi-là je décidai de communiquer avec les services de l'administration, je fus estomaqué de l'indifférence profonde avec laquelle on me recevait. J'arrivais pourtant de l'autre bout du continent, je parlais une langue étrangère, j'étais le représentant officiel de l'association, chargé de mettre sur pied une enquête extraordinaire sur le bonheur, le département des Communications avait donné son aval, les Sciences humaines avaient débloqué les fonds, c'était un projet d'envergure internationale, et voilà que l'on me traitait comme quantité négligeable ! Je ne fus présenté à aucun de mes nouveaux collègues (dont quelques-uns célèbres) parce que je ne pouvais vraisemblablement *servir* à personne. »

Le bureau était dirigé par une toute jeune femme qui s'habillait visiblement pour nier son sexe, portant comme seuls vêtements des sacs de tissu sport. Elle semblait perpétuellement hésiter, de la photocopieuse au téléphone, entre courir le quatre cents mètres ou passer aux douches. Des cheveux gras, aplatis sur le front, lui servaient à tenir un stylo et trois crayons. Elle remit à Gregory divers formulaires qu'il devait remplir, des attestations de diplômes, deux feuillets pour les services de l'impôt, une demande d'inscription à la Sécurité sociale, une assurance médicale et enfin une déclaration d'avis en cas de décès.

C'est en remplissant cette formule que Francœur commit sa première erreur. Il n'inscrivit pas le nom de ses parents parce qu'ils vivaient désormais en France. Il ne mit pas non plus le nom de sa femme, dont il venait de se séparer. « Si Suzanne, raisonna-t-il, ne voulait plus de moi vif, pourquoi l'aurais-je embarrassée de mon corps mort ? Mon fils ? Il avait d'autres soucis. C'est un artiste. Tout au plus aurais-je pu lui commander un monument funéraire ! Mais il sculpte des os. Lui offrir mon squelette ? Morbide. Si j'avais coupé les ponts en quittant Montréal, ce n'était pas pour renvoyer un cercueil. »

Le procureur Roenicke voyait cela autrement. Gregory Francœur avait nommé exécuteur testamentaire et seul bénéficiaire un certain Rafaël Ross, de la société Ladd de New York, dont les bureaux étaient situés au quarantième étage du World Trade Center. Vérifications faites, Roenicke affirmait que Rafaël Ross était un personnage connu des policiers, recherché pour fraudes en Californie. Son association avec Ross permettait au procureur d'affirmer que Francœur appartenait à un gang international. Et si Gregory soutenait ne pas le connaître, sa décision de confier ses cendres à la société Ladd démontrait alors, comme preuve de caractère, qu'il était un personnage erratique, lunatique et certainement capable des pires comportements asociaux.

« Roenicke tire la couverture ! Je ne voulais pas que l'on répande mes cendres au-dessus du Golden Gate comme tout un chacun et je m'étais laissé prendre à la publicité magnifique, en quadrichromie, accompagnant la lettre personnelle, adressée au maître du lieu, que j'avais trouvée dans la maison ! Je m'étais laissé convaincre (et l'idée n'était pas folle !) de remettre mes restes, avec le fruit de la vente de mes quelques biens et mon assurance-vie, à une société de pompes funèbres *sidérale*. Ce n'est pas la première fois que j'achète par la poste. Les compagnies d'essence, qui m'ont vendu des casseroles de cuivre, des globes terrestres lumineux, des dactylographes portatifs et mille objets inutiles, pourraient en témoigner. Esso et Shell à la barre ! Je ne voulais embarrasser personne. Le coût de l'enciellement – compte tenu qu'il faudra sept cents urnes funéraires pour rentabiliser une mise en orbite géostationnaire à vingt-huit mille kilomètres dans l'espace –

n'était que de 10 000 dollars la livre ! Je ne sais trop ce que pèseront mes cendres, mais cela ne me paraissait pas un prix excessif pour flotter tout près de Dieu, dans cet éther fécond où notre monde naquit ! »

L'administratrice en baskets et Gregory Francœur s'entendirent rapidement sur les détails pratiques du séjour à l'université. Le département lui réservait les services d'une secrétaire occasionnelle, un casier pour le courrier, on lui donnait accès à l'ordinateur et au télex. Ils réglèrent aussi les questions de téléphone, d'horaires, de salles de réunion, de salles de classe, de projecteurs, de photocopieuses et autres sujets essentiels. Le bureau faisait problème, l'espace étant limité, mais on lui remit la clef d'une salle située dans un édifice contigu, à la hauteur du faîte des arbres, au quatrième étage s'il n'avait pas d'objections. C'est en ce lieu que prirent naissance ses ennuis, d'une certaine manière.

« L'on pouvait accéder au quatrième par un ascenseur paresseux ou par un vaste escalier. L'escalier sentait l'encaustique, le corridor puait le désinfectant, mais quand j'ouvris la porte du bureau une odeur de menthe poivrée et de moisissure de papier me prit à la gorge. Il flottait dans l'air une poussière d'érudition, le souvenir de tous les chefs-d'œuvre du monde irrita ma luette, je fus submergé par le parfum subtil de livres anciens.

» Je jetai d'abord un coup d'œil dans la petite bibliothèque appuyée contre le mur, qui débordait de volumes multicolores défraîchis (*Introduction to French Master-*

pieces, The Life of George Bernard Shaw, la Peste). Ce bureau était déjà attribué, de façon permanente, à un professeur qui n'y viendrait, m'avait-on promis, qu'une matinée par semaine. Mon collègue invisible visiblement lisait le français. M'avait-on placé dans cette salle par délicatesse ? Son domaine se situait à gauche, en entrant ; une table grise et nue, à droite de la fenêtre, avait été mise à ma disposition. Un canon jauni, collé au verre dépoli de la porte par un morceau de Scotch raboudiné, annonçait le nom de l'absent : Allan Hunger. »

Le pupitre du vieux professeur (il lui donna cent ans d'après la poussière accumulée et les incunables empilés) était encombré de dépliants publicitaires, de travaux d'élèves, de journaux découpés, de magazines de sport, de mémos internes, d'affiches annonçant des manifestations pacifistes, de trombones de toutes les tailles, de lettres décachetées. Sur les tablettes et les classeurs tout autour, des piles de fiches, en équilibre instable, formaient des maquettes de cités détruites. Allan Hunger semblait cultiver le désordre le plus complet. Une manie.

« Le désordre m'énerve. Allan Hunger m'exaspérait déjà. Ma mère, parce qu'elle a vécu du tennis, privilégiait les surfaces propres, les espaces délimités, le blanc, le net. Elle m'a élevé au sein dans les estrades pendant les tournois, m'offrant une mamelle puis l'autre au rythme des balles frappées. Toc. Psee ! (Je tétais dangereusement, si un joueur ratait son coup, il m'arrivait de manquer le mamelon, je m'étouffais et devenais blanc comme une balle.) J'ai retenu de mon enfance le goût de la précision et j'ai encore dans l'oreille le murmure des spectateurs ponctué par les applaudissements. Aujourd'hui, quand on applaudit, je bande. Je n'y peux rien, c'est un réflexe conditionné. Le succès m'excite. Mais la désorganisation me met en boule.

» C'est peut-être ce pour quoi je me suis comporté, lors de ces premières minutes passées dans le bureau d'Allan Hunger, de façon proprement outrageuse. J'ai ouvert et fouillé tous ses tiroirs, j'ai parcouru toutes les notes qui me tombaient sous la main, j'ai lu les mémos qui lui étaient adressés par le doyen et j'ai flairé son courrier, à la recherche de parfums.

» Sur un amoncellement de paperasses plus poussié-reuses que les autres traînait une enveloppe carrée, couverte de timbres étincelants, déchirée sur l'arête, postée – je fus soudain inondé par une marée d'adrénaline – depuis l'Éthiopie ! »

Aussi invraisemblable que cela puisse paraître ! C'était, après les *chammas*, une deuxième pierre blan-che ! Où menait le sentier ? Il prit l'enveloppe dans ses mains et la retourna dans tous les sens. Étrange intimité, née d'un espace assigné, comme une place sur la banquette d'un train. Voisinage. Cousinage. Dans son premier bureau partagé, à l'University College of Addis-Abeba, il avait connu un gros garçon glabre aux yeux de taupe, dont le corps gélatineux cachait une étrange destinée.

« La mère de mon collègue de bureau avait été, au tournant du siècle, une suffragette célèbre sur les barricades, toujours au premier rang des défilés, un grand chapeau noir sur la tête, affrontant avec courage bobbies et quolibets. Or, cette féministe, qui ne pouvait à cette époque compter sur l'insémination artificielle, désirait, plus encore que le droit de vote pour les femmes, un enfant qui lui appartiendrait en propre.

» Le soir venu, la jeune Sylvia Pankurst arpentait les docks de Londres à la recherche du père de son enfant. Elle le voulait beau comme un dieu romain, fort comme un étalon d'élevage. "Avec ma tête et son corps, avait-elle coutume de dire, ce sera l'être idéal." Mais on ne joue pas avec le destin ! Elle rencontra inévitablement le marin de ses rêves et s'en alla copuler allégrement dans une auberge anglaise. Deux cent soixante-dix jours plus tard, elle donnait naissance à un gros bébé rose qui aurait le cerveau du père et les muscles de sa mère. L'enfant était devenu un hippopotame adulte, écroulé sur sa chaise, rédigeant des articles sur l'art africain qui n'étaient jamais publiés. Il cultivait aussi des cactus nains dans des pots de verre sur le rebord de notre fenêtre commune. »

Mais ces souvenirs lui appartenaient en propre ! De quel droit Allan Hunger recevait-il du courrier de *là-bas* ? C'était son coin du monde. Il se sentit poussé dans le dos par une jalousie violente et se crut autorisé à lire la lettre qui ne lui était pourtant pas adressée.

Addis-Abeba, le 27 novembre.

Cher Professeur,
    Je suis arrivée depuis Nairobi dans la capitale éthiopienne il y a de cela dix jours, afin de voir où en était

notre projet. Or, c'est avec joie que j'ai pu rencontrer une candidate dont les qualités me semblent en tous points conformes à vos désirs. Elle a déjà fait du théâtre, parle l'italien, l'anglais et le français et s'est trouvée mêlée de très près (de trop près si vous voulez mon avis) aux changements politiques des dernières années.

En cure de désintoxication marxiste, si je puis dire, la candidate – qui est d'un naturel religieux – ne répugnerait pas éventuellement à quitter l'Éthiopie si on lui en donnait l'occasion. Ses parents habitent déjà à l'étranger.

Cet après-midi même je suis allée en *ghari* au ministère de l'Intérieur, avec un cocher qui a mis dix fois ma vie en péril. J'avais beau crier : « *Tenish coye ! Tenish coye !* Plus lentement ! » Il fouettait son cheval en tentant de rattraper les Vespa qui nous pétaradaient au nez.

Évidemment, au bureau des visas, l'on m'a offert, en réponse à toutes mes démarches, le sempiternel « *Ishy negheu !* » des fonctionnaires amhariques. Mais le sourire qui accompagnait la formule (oui ! oui ! demain !) me donne à croire qu'un pot-de-vin important s'impose. Nous avons justement, à la mission, une camionnette Fiat dont on ne se sert plus, mais qui devrait faire la joie du directeur. Vous trouverez, ci-inclus, le détail des démarches accomplies à ce jour et la liste des frais qu'il nous reste à encourir. Je sais, cher Professeur, que vous êtes impatient de trouver une pupille, et je vous promets des résultats sous peu. Veuillez agréer, etc.

Papier pelure, froissements d'oignons, larmes de crocodile. Il replia la missive et la remit dans son enveloppe. Que cherchait Hunger vraiment ? Une correspondante ? Une alliée ? Une personne qui connaisse le théâtre et les langues étrangères ? A quel usage ? Cherchait-on un visa de sortie ? Sous le négus c'était de tous les documents le plus difficile à obtenir. Rentrait en

Abyssinie qui voulait, n'en repartait que celui à qui le roi des rois le permettait. Il aurait été préférable qu'il n'ait pas pris connaissance de la lettre. Gregory décida d'aller promener ses pensées au hasard des corridors de l'université, étonné d'être aussi ému à la seule lecture de quelques mots enfoncés depuis longtemps dans sa mémoire profonde. *Tenish coye !* Attention !

« Je passai distraitement devant un vaste auditorium où un géant noir tenait deux cents élèves en haleine : vedette du football, celui-ci donnait un cours sur la sociologie du sport, toutes portes ouvertes, pour que l'université entière jouisse de sa prestation. Changeant d'étage, je vis sur les murs ici et là des affiches bleues qui annonçaient, en lettres gothiques, *"La terre est plate."* (Combien d'Éthiopiens à l'époque croyaient cela ? La majorité, certainement, qui refusait la science occidentale au nom de la théologie copte.) Un peu plus loin, de la même main, mais sur du papier mauve cette fois : *"L'homme ne marchera jamais sur la lune !"* Malgré moi, j'éclatai de rire : quelle idée géniale, me dis-je, d'affirmer aujourd'hui en lettres gothiques ce que l'on croyait hier encore fermement ! Oubliant les *chammas* et la lettre de Hunger, je me mis à la recherche du message final. Au bout du corridor une lourde porte menait à un jardin. Je poussai. J'avais trouvé !

» Entre deux eucalyptus une banderole rouge feu proclamait : *"On ne vaincra jamais la famine !"* Évidemment. C'était indiscutable ! Si la terre était plate, si l'homme n'allait jamais marcher sur la lune, comment pourrait-il vaincre les fléaux naturels ? Mais surtout qui donc avait prévu que je passerais par là, que j'enten-

drais ces slogans empruntés à l'Éthiopie médiévale ?
Étais-je encore en Californie ?

» Je m'immobilisai sous les eucalyptus, attentif et
nerveux, car depuis toujours ces arbres étaient notre
bois fétiche ! Ils poussaient tout autour du quartier
Tafari Makonnen où nous habitions. Suzanne en faisait
sécher les feuilles pour préparer des infusions pendant
la saison des pluies ou bien, quand une armée de
fourmis rouges attaquait l'office, elle stoppait leur
avance avec une branche fraîchement coupée. Les
insectes en déroute dessinaient alors, sur le parquet, une
courbe élégante avant de se remettre en marche, réso-
lument, vers la maison voisine. L'odeur médicamen-
teuse des eucalyptus embaumait l'air. »

4.

Enfermé dans le bureau poussiéreux de l'université, Gregory Francœur rédigeait en silence la problématique d'une enquête sur le bonheur à quarante ans.

« Le téléphone, placé sur la table de Hunger, sonnait assez souvent. Au début, je prenais la peine de répondre, j'expliquais ma présence dans le bureau, mais cela n'intéressait aucunement les interlocuteurs qui me raccrochaient au nez. Quand ce quatrième matin, cependant, le téléphone sonna pour la dixième fois peut-être, je décrochai brusquement et lançai un : "Allô ?" en oubliant de parler anglais.

» – Professeur Hunger ? demanda en français une jeune voix ferme dont je ne sus sur le coup si elle appartenait à un garçon ou à une fille, tant j'étais excité.

» – Le professeur est absent, mais je suis son assistant, mentis-je pour faire la conversation à un être humain, que puis-je pour vous ?

» – Savez-vous s'il a reçu ma missive ? dit la voix qui précisa enfin : je m'appelle Mary Ann Wong, j'arrive ce matin de Paris, j'avais sollicité un rendez-vous en annonçant que je serais à San Francisco cette semaine.

» Où diable avais-je *vu* ce nom ? Mary Ann Wong ? Je tendis le bras vers la lettre postée depuis l'Éthiopie, qui traînait toujours sur le pupitre, vérifiai la signature, c'était celle que j'attendais.

» – Vous étiez en Afrique ? demandais-je, très *matter of fact*, ne voulant éveiller aucun soupçon.

» – C'est cela, répondit-elle, comme vous le savez sans doute, le docteur Hunger m'a demandé de faire des recherches pour lui. Ces travaux ont porté fruit. Je lui ai posté, depuis Addis-Abeba, une assez longue lettre, peut-être un peu sibylline, mais je n'avais pas le choix.

» – Nouvelle fleur... murmurai-je, c'est le nom de la capitale capiteuse des hauts plateaux abyssins. Je vois...

» – Vous dites ? demanda une Mary Ann Wong perplexe.

» – Je dis : vous avez posté cette lettre au bureau de poste central, n'est-ce pas, au bas de la rue Churchill, dans un petit édifice brun qui sert aussi aux douanes ? »

Mary Ann Wong restait muette. Comment son interlocuteur pouvait-il connaître ce lieu ? Gregory n'allait pas lui raconter qu'il venait y chercher, jadis, une fois par mois, des diapositives Kodak qui l'attendaient en douane et qu'un officier regardait une à une, lentement, comme s'il pouvait s'agir de secrets militaires ou d'images pornographiques (Suzanne nue dans son lit), puis les offrait à la curiosité d'un collègue. Le visionnement de trente-six photographies durait l'après-midi. Il avait baptisé le bureau de poste son « bureau de patience », et n'oubliait jamais d'apporter un roman policier pour tuer le temps et les mouches.

Par ailleurs, Allan Hunger, c'était évident, n'avait jamais mis les pieds en Afrique. (Les avait-il même déjà mis dans ce bureau ?) Gregory pouvait toujours prétendre qu'il était devenu l'assistant de Hunger parce qu'il avait beaucoup voyagé, justement, et même séjourné quelques mois à Addis-Abeba. Dans une vie antérieure. Il expliqua que parfois des images précises, des sons ou des odeurs déclenchaient en lui des bouffées de mémoire. Ne réagissait-elle pas ainsi ? Il la sentit amusée. L'hameçon.

– C'est vrai, vous avez raison, les insectes ne bruissent pas de la même façon dans toutes les villes. Comme s'il existait une chanson propre à chaque cité, dit-elle. Quand donc pourrais-je voir M. Hunger ?

– Demain midi, répondit-il sans hésiter, pour déjeuner, si vous pouvez venir à Berkeley.

Elle accepta immédiatement. Elle connaissait un petit restaurant, *Chez Joshua*, au coin de Telegraph et Dwight Way. Ça irait ?

– Comme une lettre à la poste ! dit Gregory en riant.

Puis il raccrocha et s'inquiéta. Il lui fallait prévenir son collègue. Laisser un message sur sa table ? Difficile. Et s'il ne venait pas, selon ce qui semblait être son habitude ? Il obtint, au secrétariat, le numéro de téléphone du docteur Hunger à sa demeure. Il voulait tout déballer, avec ses excuses, mais sans parler du courrier. Il avait accepté en son nom un rendez-vous, sans plus, histoire de lui être utile, voilà. Mary Ann Wong, demain midi, chez *Joshua*. Mais personne ne répondait au bout du fil.

Une heure plus tard, Gregory Francœur dut admettre qu'il avait bêtisé. Il ne rejoindrait pas Allan Hunger (en avait-il vraiment envie ?), il garderait cette histoire pour lui-même et c'est lui (l'assistant !) qui s'amènerait au

restaurant à la rencontre de la femme qui avait téléphoné. Quel âge avait-elle ? Quarante ans peut-être ?
Et s'il la soumettait la première au questionnaire sur le
bonheur ? Il ne put s'empêcher de souhaiter qu'elle fût
jolie, libre, et qu'elle lui offrît un peu de chaleur
humaine dont il avait tant besoin, un attouchement de
genoux, peut-être, dessous la table, des yeux complices,
un nez rieur ?

Ce soir-là il rentra plus tôt que de coutume au Château des chats. Il ne s'arrêta pas même chez *Cody's*
pour bouquiner comme il avait pris l'habitude de le
faire. Il s'amusait à épuiser dans cette librairie les
heures creuses, feuilletant au hasard des livres qu'il
n'achèterait jamais. Il raffinait une érudition de pré-
faces et de conclusions. Cette pratique pourrait faire
l'objet d'un cours sur le bonheur intellectuel que l'on
peut trouver à être superficiel, se dit-il.

Arrivé à la maison, il prépara pour dîner, dans une
casserole, des nouilles chinoises avec des palourdes nai-
nes, des tomates et de l'ail. Depuis l'extérieur de la
cuisine, sur le bord de la fenêtre, Lucifer le regardait
avec méchanceté (avec appétit ?), dressé sur ses pattes
noires, le dos arqué, le poil en broussaille, probablement outré que Gregory occupât une maison lui revenant de droit diabolique ? Cela ne toucha guère Gregory
qui avait accepté de ne servir qu'un seul repas de
chat. Il ne serait le larbin de personne. Lucifer pouvait
miauler.

Par acquit de conscience, après avoir rempli la casserole d'eau tiède, sans la laver, il tenta à nouveau de
rejoindre Hunger. Les mêmes sonneries aigres réson-
nèrent dans l'écouteur. Il raccrocha, fébrile. Puis il
composa le numéro de Suzanne à Montréal, malgré le
décalage horaire (la Californie tire la patte par trois

heures). Il lui fallait, même s'il la réveillait, expliquer ce qui lui arrivait, à quelqu'un qui comprît ! Il prendrait comme prétexte qu'il avait trouvé une maison et voulait lui donner sa nouvelle adresse. Or, Suzanne, lui apprit une téléphoniste anonyme et lointaine, avait changé de numéro et s'était inscrite sur la liste des abonnés discrets. Ce geste, après vingt-cinq ans de vie commune, lui apparut inacceptable. Cruel. Comme si on lui arrachait soudain le cordon ombilical.

Il en avait les larmes aux yeux, se sentait profondément humilié, bégayait en écoutant l'employée lui répéter que le numéro de Mme Francœur était désormais *confidentiel*. « Mais je suis son mari ! » avait-il beau affirmer, la téléphoniste ne démordait pas, se disant probablement, devant sa colère enfantine, que Suzanne avait eu raison de débrancher leurs relations. *Over and out.*

« Si Suzanne m'avait accompagné en Californie, rien de ce qui m'est arrivé ne se serait produit. Ce n'est pas seulement une évidence physique : sans elle, je n'ai jamais pu y voir clair. Elle possède un don inné de la logique dans l'action. Elle tranche une question adroitement comme du pain. Suzanne décortique une idée comme d'autres pèlent une orange, la place en six morceaux sur la serviette de papier, la reconstitue et vous amène ainsi à en découvrir toutes les subtilités. C'est un être rare avec lequel on peut tout discuter passionnément, et toujours apprendre quelque chose. A vingt ans déjà elle puisait dans un bagage de traditions familiales la réponse originale que personne n'attendait. Depuis quelques années elle a atteint à un niveau de sagesse et de maturité qui transforme toute expérience en un acquis positif. C'est ce pour quoi, certainement, elle m'a laissé partir comme l'on relance à l'eau une truite qui ne fait pas le poids. »

Mais surtout, si Suzanne l'avait accompagné en Californie, il n'aurait jamais prétendu être l'assistant de Hunger. Il ne se serait pas fourvoyé dans pareille situation ridicule. Ce soir-là, il tournait en rond dans le salon, incapable de se concentrer. Pour tuer le temps, il alluma le tube cathodique, puis fit un feu de foyer, décapsula une bière, s'affala sur le sofa, les jambes molles, les mains derrière la tête, tentant de réprimer des spasmes intestinaux qui secouaient son côlon. Il prit une émission au hasard, commanditée par le *National Geographic Magazine*, qui le transporta au cœur de l'Afrique, chez les Pygmées où de petites femmes nues et de minuscules hommes en pagne menaient une petite vie tranquille de chasse et de cueillette dans une immense forêt sombre. La vie en brousse lui parut éminemment plus simple que la vie à Berkeley. Les Pygmées grimpaient aux arbres, tressaient des feuilles et des lianes, conservaient de l'eau dans des calebasses. Ils n'avaient pas le téléphone.

Terminant sa bière japonaise, il se dit qu'un jour (on n'arrête pas le progrès) les Pygmées posséderaient eux aussi un poste de télévision. Cependant que Gregory Francœur regarderait un documentaire sur la survie en forêt tropicale, M. et Mme Pygmée, avec les enfants, visionneraient en vidéo couleur des poursuites folles dans les rues de San Francisco, mettant en vedette deux policiers chinois à la recherche de trafiquants d'héroïne téméraires. Or, se demanda-t-il, laquelle des deux émissions provoquerait le plus grand choc culturel ? Et chez qui ?

Gregory se souvenait avec frayeur du jour où, avec Suzanne, armes et bagages, ils étaient descendus à Addis-Abeba, depuis l'aéroport Hailé-Sélassié. Le bus avait été forcé de s'arrêter à l'entrée de la ville, près du Deuxième Marché. Ils virent, attachés par le cou à la haute branche d'un chêne, trois hommes nus, les mains derrière le dos. Ceux-ci se tenaient nonchalamment debout sur la plate-forme d'acier d'un camion italien qui bloquait la route. Lorsque le chauffeur eut lentement mis en marche son poids lourd, klaxonnant comme à un mariage, et que les trois larrons se balancèrent dans le vide, remuant les pieds et les épaules avec frénésie, plus bleus que noirs, le minibus put se frayer un chemin dans la foule bigarrée qui arrivait de la campagne, les bras chargés de marchandises et de sacs d'orge. Le chauffeur frôla les pendus du côté gauche, où était assise Suzanne, et du côté droit salua deux notables, chacun la tête ornée d'une crinière de lion, sabre à la main, en selle sur de petits chevaux arabes, ou des mulets peut-être, qui avaient dirigé les opérations.

Ils apprirent par la suite que l'on avait ainsi, frères humains qui après nous vivrez, pendouillé des assassins aux quatre coins de la cité. C'était avant l'avènement de la télévision qui permet, avec un seul condamné, de faire des millions d'exemples. Suzanne, que l'avion avait déjà sérieusement secouée, la tête entre les genoux, vomit sur le plancher tout le menu de l'Ethiopian Airways...

Il aurait volontiers, quand l'émission prit fin, suivi les Pygmées dans les sentiers, à la chasse au léopard.

Pygmée, on le sait, du grec *pygmaios*, est le nom que l'on donne au peuple nain d'Éthiopie.

« Je me suis empressé d'écrire à Suzanne avant que les journaux ne s'emparent de la nouvelle et qu'elle n'apprenne mon arrestation par les médias. Roenicke va retenir l'information aussi longtemps qu'il le pourra. J'ai d'abord expliqué à Suzanne que toute cette histoire me semble une forme de chantage, mais que personne ne m'a encore demandé de rançon. Je crois même que Roenicke se moque de moi.

» Tu ne seras pas étonnée, lui ai-je raconté, qu'ils aient choisi de m'accuser de l'incendie d'un édifice où l'on cherchait à améliorer la mise à feu des ogives par laser ! Depuis le temps que je suis fiché comme pacifiste ! Ils doivent avoir assez de photographies de ma tête dans des manifestations pour tenir une exposition solo. N'importe qui a pu mettre le feu ! C'est trop facile de partir d'un mobile pour remonter au prétendu coupable. De même pour Cheryll Wilson. Il y a trois viols par jour à Berkeley, jusque sur les sentiers du campus. Les assaillants sont connus. Ils récidivent. On les relâche parce qu'il n'y a plus une seule place en prison et voilà que pour moi l'on ouvre une aile neuve (pas même terminée) comme si l'on tenait à m'isoler !

» Tu ne peux savoir, Suzanne, comme la violence en Californie est démente, gratuite, imprévisible, illogique, ainsi qu'une énergie qui circulerait dans les rues. Les lunatiques de tous les pays se sont-ils donné rendez-vous pour gâcher les rêves paradisiaques ? Les riches s'enferment derrière des grilles, s'entourent de gardiens en uniforme, mettent sept verrous à la moindre porte. Leur argent les emprisonne. D'autres se suicident parce qu'ils ne peuvent atteindre le niveau de puissance financière qu'ils s'étaient fixé. Il n'y a pas de classes sociales en Californie, il y a des échelles de salaire et des barreaux qui manquent.

» Je crois d'ailleurs qu'ils paient le prix de leur niveau de vie. Les milliards du Pentagone, investis dans la recherche spatiale et militaire, dans les ordinateurs, la technique nucléaire et l'océan, sont des dollars de mort. Chaque billet de banque, quand il passe du gousset d'un ingénieur à celui d'un épicier, à la caisse d'un marchand de vin, au profit d'un vendeur autorisé de voitures Ford, est un dollar militaire qui a tué ou tuera. Ce n'est pas le sang et l'argent qui circulent ici, c'est la loi du plus fort. La *force* est avec vous ! Les races s'affrontent aussi, je sens partout, dans les transports en commun surtout, une haine aussi épaisse qu'une écorce de pruche dans laquelle chacun veut jouer du couteau.

» Je suis dans un entonnoir, lui ai-je écrit, en lui demandant d'entrer en contact avec Roenicke le plus rapidement possible. Pour l'instant, je rédige un texte qu'elle comprendra mieux que quiconque. Le seul crime que j'aie commis, devant Dieu et les hommes, c'est un mensonge téléphonique ridicule. Et l'on m'a coupé le service ! »

5.

« Mary Ann Wong ne fut pas particulièrement surprise de me voir arriver à la place de ce *brave* docteur Hunger qu'elle soupçonnait d'être trop occupé. Elle se présenta comme une missionnaire des Adventistes du Septième Jour, pasteurs compétents et globe-trotters devant l'Éternel. C'était bien ma chance ! Elle n'avait pas même perçu le ronronnement de ma libido. Se croyant à un rendez-vous d'affaires, elle s'était docilement prêtée au jeu. Elle ne doutait de rien, ni de l'existence de Satan ni de la grandeur des États-Unis d'Amérique. Sa tête était étrange et belle, faite d'un étonnant mélange réussi de saveurs finlandaises et de formes chinoises. Une Eurasienne aux yeux bleus et aux cheveux blonds ! Nulle part au monde, elle ne devait passer inaperçue : je sentis les regards de tous les clients, femmes et hommes, converger vers nous. Les mâles devaient se demander les secrets de mon charme et ce que j'avais qu'ils ne possédaient pas.

» Je n'avais rien d'autre que ma rouerie crasse, désarçonnée par cette chrétienne, prières aux lèvres. J'imaginais les titres des journaux : "Ancien député de province catholique déjeunant avec prêtresse protestante." Il n'y aurait de brûlant entre nous que la moutarde japonaise. Les yeux dans les *sushis* pour ne pas rougir,

61

j'entrepris la conversation en retenant mes genoux nerveux sous la petite table de bois verni. »

Mary Ann Wong avait beaucoup voyagé, beaucoup converti, beaucoup transporté de la myrrhe, de l'encens, de l'or et des perles d'un port franc à un pays taxé, au profit des Églises, et ne connaissait Allan Hunger que de réputation. Elle avait visité les cinq continents, mais Gregory pensa qu'elle vivait néanmoins sur la lune. Levant haut son verre de saké, elle porta un toast aux entreprises de paix, et que le ciel qui n'est pas chiche récompense le vieux professeur ! Francœur avala de travers l'alcool brûlant. Ses yeux s'embuèrent. La missionnaire se méprit et crut qu'il était touché par la grâce. Le Québécois lui devenait sympathique.

– Vous allez demeurer quelque temps à San Francisco ? demanda Francœur en homme du monde et parce que toute conversation sérieuse commence par des détours.

– Je l'ignore pour l'instant, répondit-elle. Chaque fois que je viens en Californie j'ai la certitude de mettre les pieds dans un asile d'aliénés. Mes frères et sœurs de San Francisco me racontent les histoires les plus invraisemblables de sectes et de thérapies miraculeuses, d'ordinateurs au service de la foi, de réincarnations réussies et démontrées ; savez-vous par exemple que seuls les poètes ont le droit de revenir sur terre dans la peau d'un chat ?

– Vous n'aimez pas les fois naïves ? demanda Gregory en se disant que si Lucifer était la réincarnation d'un poète célèbre, ce devait être Dante.

– La foi du charbonnier, oui, répliqua Mary Ann Wong, mais s'il faut régresser jusqu'au cri primal, alors je ne marche pas. J'ai la nette impression de me retrouver, ici, dans une vaste maternelle pour adultes où l'on change de thérapie comme l'on change les couches d'un bébé. Le soin du corps prend des proportions surnaturelles !

— Y a-t-il sur terre plus important que soi ? demanda Gregory avec ironie, la lèvre inférieure boudeuse.

— Dieu merci, murmura la missionnaire, l'action généreuse que vous menez me rassure. Mais soyez tranquille, je sais qu'il est préférable de ne pas l'évoquer en public.

Gregory ne savait absolument pas à quoi la jeune femme faisait allusion. Une *action* ? Généreuse ? Chrétienne sans doute ? Il se contenta de hocher la tête et de relancer la croyante, dont le charme bipolaire accélérait peu à peu son rythme cardiaque. Miss Nord-Sud ?

— Pourtant, mademoiselle Wong, vous savez que dans les médias du monde entier on affirme que la Californie prépare l'avenir de l'Occident.

Il la regarda avec un certain doute dans les yeux, se disant qu'il était vraiment un grand séducteur, et qu'il laisserait volontiers Mary Ann Wong sauver son âme. Elle l'enveloppa de compassion. N'avait-elle aucune *sexualité* ?!

— Comment pouvez-vous ne pas voir, dit-elle posément, qu'il n'y a ici aucune épaisseur humaine ni surtout aucune culture ? De l'agro-business, oui, du show-business, oui, des larmes et des laboratoires, mais aucun sens profond de la continuité, de l'aventure civilisatrice ! On ne recherche en Californie que le plaisir solitaire de la réussite, en affaires comme en relations humaines !

Gregory aurait volontiers partagé son plaisir et même ses échecs, mais Mary Ann Wong poursuivait :

– Ce qu'il y a de plus profond, en Californie, ce sont les piscines, croyez-moi.

– Non, ne put s'empêcher de dire Francœur, la faille de San Andreas...

La missionnaire battit des mains, avala une lampée de saké en souriant. Gregory lui ouvrait une nouvelle voie.

– Vous avez raison, mille fois raison ! La nature est plus profonde et riche, sur la côte Ouest, que la civilisation. Il n'y a pas même de société, tout au plus un agglomérat. Tout est construit sur du sable, même les puces des ordinateurs, c'est l'empire du gadget, hors de notre univers...

– J'y débarque à peine, dit Gregory comme pour s'excuser de ne pas porter de jugement.

– J'y suis née, moi, monsieur Francœur.

– Ah ! Ici ? Je veux dire à Berkeley ?

– Non, répliqua la jeune femme, un peu plus au sud, à Santa Barbara.

– Ça ne paraît absolument pas, s'entendit répliquer Francœur.

Mary Ann Wong gloussa et effleura de sa main douce son bras poilu. Comment n'y avait-il pas pensé ? Ces yeux bleu profond enfoncés dans les fjords d'un visage ovale aux pommettes saillantes ? Où ailleurs qu'en Californie une Finlandaise aurait-elle pu s'accoupler à un Chinois ? Gregory décida qu'il était temps de plonger, sentant une langoureuse chaleur inutile envahir son bras, puis son épaule et remonter le long de sa nuque.

– Comment avez-vous reçu, risqua-t-il, la proposition du professeur Hunger ?

– Oh, la première fois, il y a si longtemps de cela, avec scepticisme, certainement, dit Mary Ann Wong, le projet au départ nous paraissait inutile et risqué. Puis nous avons compris vos objectifs. Et cette fois-ci étant la huitième, nous avons de plus en plus confiance dans votre entreprise. Ce sera, j'espère, plus facile que la dernière fois. On vous a raconté ?

– Oui, bien sûr, marmonna Gregory en mentant.

– Quand le professeur a demandé que l'on serve d'intermédiaires pour le transfert d'une jeune Éthiopienne, nous savions, avec l'expérience acquise, comment organiser le voyage. Je ne vous dis pas que cela s'est fait facilement, mais enfin nous n'avons pas commis d'erreur. Vous savez que le docteur ne voulait pas d'une réfugiée du Caire ou déjà à Rome ? Il tenait à quelqu'un qui vive en Éthiopie. Nous avons annoncé qu'une vieille dame très riche, de nos amis, voulait apaiser sa conscience et pour ses vieux jours cherchait une fille de compagnie. Les papiers sont donc des documents d'adoption, même si la candidate n'est plus une enfant. Comme d'habitude, les vingt mille dollars déposés au compte des Adventistes du Septième Jour, par le professeur, ont couvert tous les frais. Nous affecterons ce qui reste à nos missions africaines.

Il faut que la famine l'ait ému, pensa Francœur, pour que ce cher collègue aille verser une telle somme ! La *huitième* fois ? Où donc un respectable professeur d'université pouvait-il prendre cet argent ? Avait-il un puits de pétrole dans son jardin ? Qui était cette vieille dame qui adoptait l'Éthiopienne ? Mary Ann Wong devait lire dans ses pensées car elle enchaîna, pointant ses baguettes vers lui comme pour appuyer ses propos :

– Vous savez comme moi que l'idée de la riche veuve est une fiction, mais elle marche à tout coup. L'influence de la littérature victorienne, probablement, reprise dans les romans populaires. Donc je suis venue ce midi vous confirmer que Terounech arrive dimanche en huit. Cela fait votre affaire ?

– Terounech, si ma mémoire est bonne, veut dire la « toute pure », je crois ?

Cela le troublait.

– Parfaitement, répliqua la missionnaire, nous avions une autre candidate, sixième enfant d'une famille pauvre, qui se nommait Bezounech, « celle qui est de trop ». Mais le docteur Hunger insistait pour que la personne choisie connaisse l'anglais. Nous avons donc cherché parmi les étudiantes qui étaient passées par notre école. Terounech appartient à une bonne famille, si je puis dire.

– Terounech, Bezounech, j'aime bien ces noms qui ont un sens. J'avais un serviteur, jadis, à Addis, dit Gregory, un boy, qui se nommait Bellatchow.

– Cela veut dire ?

– « Tape-leur dessus ! » répondit-il. Son père était le chef de la police d'Addis-Alem et avait de l'ambition !

La geisha en herbe qui les servait, menue comme une poupée, froufroutante dans son kimono, déposa les derniers plats, fleurs de crabes et tranches d'avocat roulées dans des algues noires. Francœur se sentait transporté, transformé, transfiguré. Pour un peu, il aurait lévité : il était au comble de la jouissance exotique. Lui qui traînait hier encore dans la boue triste du quotidien se trouvait enfin face à face avec une sainte femme, secrétaire d'un saint homme dont il était le précurseur, impliqué dans un trafic international d'âmes sœurs ! Il discutait de projets secrets, dégustait des nourritures célestes avec d'infinies délicatesses, fomentait des révolutions à l'échelle planétaire ! Gregory prêtait l'oreille avec contentement, mastiquant du riz, au bruit agréable du noble mouvement de son esprit. Narcisse à baguettes.

– Comment avez-vous recruté Terounech ? demanda-t-il à la Finlanoise.

– Nous n'avons pas eu à chercher très loin. Elle s'était réfugiée à notre mission de Dirédaoua, après s'être brouillée avec certains militaires. Chez nous, elle s'occupait d'écritures et donnait un coup de main à la comptabilité. Mais c'est une enfant de la révolution, ne vous trompez pas.

– Et vous, demanda Gregory, où donc avez-vous appris le français ?

– Six ans d'études en Belgique ! Vous voyez ce qu'il faut souffrir pour amener les incroyants à Jésus ! Je n'étais vraiment pas très douée.

– Vous parlez admirablement, dit Francœur pour lui faire plaisir et parce qu'il le pensait.

– Vous, vous n'avez pas l'accent canadien, répondit Mary Ann Wong.

Il ne releva pas l'insulte, trop heureux de son déjeuner, et n'allait pas se lancer dans une explication des variétés de langages.

– Je vous remercie, dit-il, sachant qu'il fallait conclure, le docteur Hunger sera là pour recevoir sa protégée.

Mary Ann Wong lui remit en mains propres les documents destinés à Hunger, photocopies des visas, certificat médical, une lettre de recommandation du pasteur de Dirédaoua qui décrivait les qualités morales de la jeune fille, un relevé de ses notes obtenues à l'université en sciences politiques. Gregory lui demanda si elle avait une photo. Mary Ann Wong s'étonna qu'il n'ait pas vu celle qu'elle avait fait parvenir au professeur. Gregory lui rappela comme Allan Hunger était distrait. Il ne risquait pas grand-chose en affirmant cela, les hommes de science ne le sont-ils pas tous ?

Francœur ne put résister à l'idée d'accompagner la missionnaire jusqu'au centre-ville où elle allait prendre le BART, un métro d'eau salée qui s'enfonce sous la baie pour émerger à San Francisco.

– Qu'est-ce qui vous a amené en Éthiopie, monsieur Francœur, demanda-t-elle en descendant la rue dans un soleil chaleureux qui les inondait, vous étiez missionnaire catholique ?

– Non, ma sœur, répondit Gregory en riant. Je ne crois plus en Dieu depuis longtemps ! J'étais à la recherche d'une nouvelle philosophie, d'un nouveau regard...

– Tous les incroyants, répliqua Mary Ann Wong, imaginent la vie comme un circuit touristique dont ils parcourent les lieux à la recherche de la vérité. Pourtant tous ces pays sont à des siècles de distance de nos contrées chrétiennes ! Je vous dirai seulement, monsieur Francœur, que le Christ s'est mérité cinq étoiles dans mon guide de voyage et que Lui seul vaut le détour.

– Quel âge avez-vous, Mary Ann ? ne put s'empêcher de demander Francœur avec gentillesse.

Elle secoua la tête dans la lumière, comme pour chasser une inquiétude :

– N'allez pas plus loin, n'insistez pas ! J'atteins l'âge des doutes et je sens que vous allez m'annoncer un désastre !

Ainsi firent-ils le tour d'un plein panier d'idées reçues cependant qu'elle lui faisait découvrir, de rue en rue, des maisons anciennes cachées derrière des arbres centenaires, vastes demeures de bois construites, lui apprit-elle, par de riches marchands de San Francisco, effrayés du tremblement de terre de 1906. Les architectes croyaient qu'à la campagne les murs ne s'écrouleraient pas. Aujourd'hui la ville les avait rejoints et l'on savait de plus que la faille principale qui allait mourir à Point Reeves, dans la mer, possédait des embranchements importants dans ces collines.

– Tous les matins, à Berkeley, lui dit-elle, les ménagères consciencieuses secouent leur tapis en se demandant si la fin du monde n'est pas à l'ordre du jour. C'est ainsi que l'on peut, dans ces paysages, vivre sur terre tout en étant dangereusement proche de Dieu ! conclut-elle en lui tendant la main.

Ils étaient arrivés à la station University, il la salua avec déférence, elle se perdit dans la foule avec la légèreté d'un ange.

Depuis la rue Shattuck, au coin de l'avenue University, il pouvait apercevoir au loin la baie qui brillait comme mica au soleil. Sur la mer, des centaines de triangles blancs se croisaient dans le vent, voiliers donnant au paysage un air de vacances malgré le bruit, le travail et la circulation intense. Au loin, le Golden Gate Bridge reliant la ville à la campagne se découpait dans la brume comme une portée musicale.

« J'exultais. Il faut me comprendre. Je venais de traverser une sacrée rivière ! Je n'ai jamais été homme à m'aller mettre le nez dans l'assiette d'un autre, et voilà que j'y mangeais ! Suzanne, mon ex, disait souvent à qui voulait l'entendre que depuis dix ans j'étais devenu le plus petit de tous les petits-bourgeois qu'elle connaissait. Incapable de la moindre initiative. Ballotté, comme un député qui confie son avenir aux électeurs. Et voilà que j'avais provoqué la réalité. Pour le plaisir. Je m'étais inventé une histoire. J'en serais le héros, coûte que coûte !

» Qu'est-ce donc en effet que j'étais venu faire en Californie ? Certainement plus qu'une enquête sur le bonheur pour le compte des gouvernements. Étais-je à la recherche de l'innocence perdue dans les jeux politiques ? Mary Ann Wong m'avait ouvert des portes que je croyais fermées. Ainsi Allan Hunger m'apparaissait un personnage gigantesque, historique, et l'on pouvait vivre dans Berkeley comme dans une société secrète ! Il me fallait à tout prix trouver le protocole d'initiation. »

Tout au plaisir de ses découvertes, Gregory Francœur traîna en ville jusqu'au soir, bouquina, prit un repas trop épicé dans un restaurant thaïlandais, pensa qu'il souffrirait d'hémorroïdes pendant deux jours, par orgueil, parce qu'il n'avait pas voulu renvoyer les plats qu'il avait commandés, entra dans un cinéma où l'on jouait un extraordinaire film en noir et blanc, *Stranger than Paradise*, qui faisait un procès féroce de l'Amérique, termina la soirée au *Moriarty's*, où un vieux trompettiste soufflait ses blues ainsi qu'un dieu déchu, puis rentra à la maison, au hasard, remontant les rues comme on piétine une pente de ski, à droite, puis à gauche. Slalom.

« Ce soir-là un nombre effarant de chats rôdaient dans les hauteurs de la ville. Ils me regardaient passer, tantôt juchés sur une palissade, tantôt sur leurs quatre pattes devant un portique. D'autres me suivaient, avec effronterie, quelques pas derrière. On eût dit un congrès international de poésie. Ici Kerouac, là John Lennon et sur le trottoir d'en face Prévert ! »

70

L'université de la Californie possède, dans ce quartier, des résidences d'étudiants chauffées à la vapeur depuis une chaudière centrale. La canalisation souterraine sillonne les rues et parfois, quand la pression déborde, des fumées blanches s'échappent en sifflant par les trous d'homme. Ces geysers de brume donnent alors à la nuit des dimensions cauchemardesques. Quelques chats, qui l'avaient suivi, furent ébouillantés et se mirent à hurler autant que s'ils étaient tout droit sortis de l'enfer.

« C'était la ronde carnavalesque des poètes maudits. Rimbaud courait derrière Verlaine. Oscar Wilde miaulait. Lucifer m'attendait sous un magnolia odoriférant. Nous nous sommes mesurés du regard. J'ai toujours aimé ces animaux domestiques que personne ne peut apprivoiser. Ils me rappellent les grands fauves du négus qui arpentaient, comme des délirants dans les salles des hôpitaux, les dalles de béton de leur prison, au kilomètre 4, devant le vieux Ghebi, le palais ancestral. Des animaux solides et orgueilleux, aux muscles saillants, symboles malgré eux des impératifs de la mythologie locale.

» A cette époque, il m'arrivait de quitter ma classe rapidement, en fin de journée, pour arriver au carrefour à l'heure où les gardiens jetaient aux lions les corps des chèvres et des veaux qu'ils venaient d'égorger. Depuis les trottoirs, tout autour, des mendiants affamés regardaient les animaux se barbouiller de sang frais, à pleines dents, avec de sourds grognements satisfaits, et déchirer la chair qu'ils avalaient goulûment, leurs odeurs sauvages se mêlant à celle des viscères, des excréments et de la mort. Les plus forts s'appropriaient les carcasses

71

et mastiquaient leurs morceaux, une patte posée non-chalamment sur leur dîner tiède ; les jeunes lionnes attendaient le deuxième service.

» J'étais chaque fois ébloui de les voir tout à coup s'arrêter enfin, repus, heureux, satisfaits de la vie, s'étirant et se décrochant la mâchoire de plaisir. Je m'approchais des cages, jusqu'à les toucher, mais ils me regardaient d'un air absent, comme si j'étais une chèvre de trop, sans poils, inodore et sans saveur. Certains mendiants attendaient que les bêtes ferment l'œil pour tenter de leur voler un morceau. Ces princes de la savane étaient servis sept fois la semaine, et les gueux ne rataient jamais ce spectacle de l'abondance. »

A son tour maintenant d'être servi dans une cage ! On lui apportait, trois fois par jour, des plateaux de nourriture *amexicaine*, hamburgers con chili, cuisinée par des prisonniers désignés. Coke et café. Il serait bientôt gras comme un lion, pensa-t-il, puis il déposa son stylo sur la table de travail, à côté d'un cendrier dont il se servait pour les trombones et la gomme à effacer. Prenant une pose qui lui était familière lorsqu'il réfléchissait, Gregory se mit le pouce sur le nez, appuyant la main sur la carotide. Il avait déjà épuisé près d'une semaine de grâce pour rédiger ce journal explicatif. « Écrire en prison, se demanda-t-il, est-ce produire une littérature d'évasion ? »

6.

Le procureur passa le voir, dans l'après-midi, pour lui demander les premières pages de son texte. Roenicke désirait mettre à l'essai un traducteur qu'il avait déniché à San Francisco, par l'intermédiaire d'un libraire. Il expliqua à Francœur qu'il s'agissait d'un Parisien que la révolution sexuelle avait attiré sur la côte. Il avait ses bureaux sur Russian Hill, dans une maison rénovée avec goût. Roenicke trouvait amusant de faire la navette entre deux Français. Francœur trouvait ridicule que sa prose soit traduite en anglais par un cousin de l'Hexagone. L'un se payait de mots, l'autre était payé au mot. Tout dans cette histoire respirait l'absurde.

Gregory voulait d'abord terminer le journal avant de confier son texte à qui que ce soit. « C'est en écrivant, expliqua-t-il à Roenicke, que je découvre le sens. Parfois je dois tout relire avant d'ajouter même une virgule. » Roenicke lui proposa de photocopier son manuscrit. Il céda, à condition de pouvoir conserver l'original. Quand le procureur s'en fut, Francœur se fit servir un café par le gardien de l'étage, qui était né en basse Californie, et se remit à ses écritures.

« La semaine qui suivit ma rencontre avec Mary Ann Wong fut particulièrement difficile. Je me rendis malade à force d'hésitations, de tergiversations, suivies d'un goût incontrôlé de m'engager plus avant. Qu'allais-je trouver à plus gratter encore ? Et mes travaux de recherche ? Je n'avais pas même rédigé le plan et le cheminement critique des enquêtes. Devais-je contacter Hunger ? Chaque minute qui passait rendait notre rencontre plus difficile. Devais-je recevoir moi-même l'Éthiopienne ? Et pour quoi faire ? Quel curieux service d'adoption dirigeait le vieux professeur ?

» Lundi matin je me réveillai plus tôt que je ne l'aurais souhaité, bien avant que le réveille-matin ne chante, comme si le décalage horaire m'avait gardé à cran. Mon cerveau n'avait cessé de fonctionner de toute la nuit, élaborant des plans dont au réveil je ne me souvenais plus. Gaspillage de neurones. J'avais oublié de tirer les *chammas* et la lumière matinale envahissait la pièce.

» Debout devant le grand miroir biseauté accroché à la porte de l'armoire de la chambre à coucher, je m'examinai comme on achète un vêtement, sous toutes les coutures. Je n'étais en Californie que depuis peu et déjà le soleil m'avait donné au visage et aux bras une couleur de miel de trèfle. Le reste du corps, parsemé de poils follets, était blanc comme une pomme fraîchement pelée. La conscience du muscle, si répandue en ces terres de jogging, commençait à m'ébranler : je me trouvai flasque. Bientôt le demi-siècle, pensais-je, regardant avec attendrissement ces épaules rondes qui avaient si souvent porté le poids du monde. Je remuai avec pitié, l'un après l'autre, systématiquement, mes doigts de pied sur le tapis. »

Gregory s'habilla ensuite pour aller à l'université. La plupart des professeurs, écolos vieillissants, se rendaient sur le campus à bicyclette, accompagnés d'un chien fidèle qui courait et jappait jusque dans les corridors sonores. Certains laissaient les bêtes garder leur bureau, d'autres les amenaient en classe. Statistiquement, s'était dit Francœur, Berkeley a la plus forte densité de chiens savants aux États-Unis. *Have a nice dog.*

Les secrétaires furent donc renversées de le voir s'amener, lui, suivi d'un chat. Le vieux Lucifer s'était glissé par la fenêtre ouverte de la salle de bains qu'il avait atteinte en sautant depuis la toiture de la cuisine, renversant sur le carrelage un cactus en forme de pénis criblé d'épingles. Gregory avait d'abord voulu le chasser, mais la bête connaissait la maison sur le bout de ses griffes. Ils avaient donc consacré le jour du Seigneur à s'apprivoiser mutuellement. Au coucher du soleil, Francœur disait à Lucifer : « Viens ! » et il venait (comme un chien) ; « Saute ! » et il sautait. Le chat répondait à ses moindres désirs. Était-il de la lignée des félins abyssins ? Était-il passé par Rome ? Son père était peut-être un vison sauvage. Une vision sauvage ?

Gregory fit dévier la conversation de Lucifer à Hunger. « Ce diable d'homme, répondit l'une des secrétaires, a des mœurs étranges. » Depuis quatre ans qu'elle travaillait pour lui, elle ne l'avait vu chaque fois que le premier jour de l'année universitaire. Il recevait un courrier abondant et venait chercher ses lettres la nuit. L'autre le trouvait macho. Il y eut une discussion entre les deux sacristines du féminisme à propos de sa libido. Puis elles convinrent qu'Allan Hunger était le clown de l'université, mais n'en purent dire plus.

Un chargé de cours, qui les avait entendues discuter, lui apprit, devant les pissotières, que Hunger avait la soixantaine jeune, qu'il était ridiculement grand, qu'on le trouvait le plus souvent à la bibliothèque centrale, quand il n'enseignait pas, ce qui expliquait qu'il ne l'eût jamais croisé au bureau. Médiéviste célèbre, Allan Hunger se consacrait, depuis cinq ans, à de patientes recherches sur Rome dans l'œuvre de William Shakespeare. Il voyageait beaucoup. « Il appartient au jet-set universitaire », lança avec envie le chargé de cours libéré en remontant la fermeture Éclair de sa braguette. Puis il ajouta, en se lavant les mains, qu'Allan Hunger avait découvert à Londres quelques inédits de Dante (publiés et annotés depuis à la University Press of America) qui lui avaient mérité le respect des *scholars* occidentaux. « Et moi j'ai découvert où se cache Dante », dit Gregory en prenant Lucifer dans ses bras. L'autre se contenta de sourire bêtement sans comprendre.

« J'aurais évidemment pu me précipiter à la bibliothèque et déballer toute l'histoire. Mais je n'avais pas encore *vraiment* choisi de tout raconter. Et puis j'avais d'autres chats à fouetter, un cours à préparer, une enquête à mettre en train. Me rendant dans l'édifice avoisinant, je ramassai au passage dans le courrier une lettre barrée de bleu et de rouge, que je reconnus immédiatement être de Janvier. Mon fils poursuivait sa guérilla. Dans l'enveloppe, encore une fois sans explications, une coupure du journal *la Presse de Montréal*. La nouvelle émanait de Vacaville, un bled situé entre Berkeley et Sacramento, célèbre pour sa crème glacée à l'ail. La missive avait été lancée par l'agence France-Presse des États-Unis, triée à Paris pour rebondir au Québec. Sous la photographie d'un barbu aux cheveux longs, l'air d'un Moïse courroucé, portant une caisse de pamplemousses dans un camp de prisonniers, l'on pouvait lire :

Vacaville (AFP). Theodore Streleski, un étudiant qui avait passé dix-neuf ans à tenter d'obtenir un doctorat et finalement tué son professeur à coups de marteau, est sorti hier de prison après sept ans et vingt jours passés derrière les barreaux de diverses institutions californiennes.

M. Streleski a fait ses premiers pas d'homme libre entre deux haies de journalistes, et son premier souci a été de chercher les micros des médias. Il a affirmé que, si cela était à refaire, il le referait.

Un porte-parole de la prison de Vacaville a déclaré que le prisonnier n'avait jamais causé de problèmes, qu'il avait passé tous ses temps libres à la bibliothèque et qu'il avait tenu à purger toute sa peine pour ne pas être interdit de séjour dans la Silicon Valley où il compte trouver bientôt un emploi.

Agé de quarante-neuf ans, l'ancien étudiant, tout au long de son procès, a soutenu qu'il lui semblait logique et moral d'assassiner Karel de Leew, son professeur de mathématiques à l'université de Stanford, parce que celui-ci, en refusant de lui accorder son doctorat, l'empêchait de réaliser son rêve et empochait des frais de scolarité depuis trop longtemps.

Le marteau avec lequel l'étudiant avait occis son professeur pesait un kilo. »

Gregory aurait dû s'arrêter et décortiquer le message de Janvier qui contenait des signes, des prémonitions et un avertissement : professeur, procès, prison étaient les plus évidents. Mais il glissa l'enveloppe et sa coupure distraitement dans la poche gauche de sa veste et se dirigea, préoccupé par le choix qu'il avait à faire, vers le bureau poussiéreux où Lucifer éternua quatre fois avant de sauter sur le rebord de la fenêtre pour se glisser le museau dans l'air frais.

« J'allais m'asseoir à ma table quand je remarquai que le téléphone avait été placé sur un répondeur automatique. Allan Hunger était donc venu au bureau pendant le week-end. La lettre d'Addis-Abeba avait disparu. Mary Ann Wong l'avait-elle rejoint ? Avait-il fouillé dans mes tiroirs à son tour ? Le répondeur automatique me narguait. Je tombai sur ma chaise et restai prostré un bon moment. L'on m'avait enlevé l'initiative des opérations. Au loin, sur le terrain de football du campus, des officiers cadets de la marine scandaient au pas de gymnastique des chants de guerre. Quel Vietnam nous préparaient-ils ? *Have a nice war.*

» Quand le téléphone sonna pour la première fois, derrière moi, et que le robot se mit en marche, j'entendis enfin la voix de Hunger (ferme, basse, avec un accent new-yorkais) qui avait enregistré ce message : "Salut ! Activistes du monde entier, unissons nos forces pour aider le Nicaragua ! Je suis absent du bureau, mais s'il est essentiel que je vous rejoigne, laissez vos coordonnées et n'oubliez pas de mentionner la date et l'heure où vous m'avez téléphoné." Suivait le signal sonore habituel, comme un sifflet canin strident.

» Le premier interlocuteur se contenta de répliquer quelque chose du genre : "Ici Pete McDuff. Nos bons amis sont d'accord pour la réunion à l'heure convenue." Puis raccrocha. Il y eut deux ou trois autres appels sans message. Ce ne devait pas être essentiel. Ensuite ce fut comme si j'écoutais une émission de radio intime. "Tu me reconnais ? Je t'aime. Je suis rentrée ce matin du

Japon." Tralala. "Ici Francis. Nous avons eu cette nuit un léger tremblement de terre." Elle avait un tremblement dans la voix. "Ne rappelle pas. Ce n'est plus sûr." Je connaissais les voyeurs qui achètent *Penthouse* et les frotteurs qui vont dans les transports publics sans slip se donner des sensations, étais-je devenu un *écouteur* ? "Activistes du monde entier, unissons nos forces pour aider le Nicaragua !" »

Ce message, il n'y a pas si longtemps, l'aurait touché aux tripes. Hunger était donc un frère de sang ? Suzanne, pour sa part, classait les activistes en trois catégories : naïfs, vicieux ou débiles. Lui n'en connaissait qu'un genre auquel il savait appartenir, les malades du bonheur des autres. Agir ? S'approcher du réseau clandestin ? Militer à nouveau ? Sous sa fenêtre, des étudiants se moquaient maintenant des officiers marins et scandaient des slogans rythmés contre l'apartheid, réclamant que l'université retire ses fonds de l'Afrique du Sud. IBM et Coca-Cola en prenaient pour leur argent. Aïe ! pensa Gregory, comment vais-je les intéresser aux nationalistes québécois qui manifestaient il y a trente ans contre le président du Canadian National Railway ? Les cadavres n'ont jamais jonché la rue Dorchester. Montréal n'a jamais été Soweto. Nous avons vécu une révolution symbolique, un mélodrame. Les étudiants aujourd'hui se solidarisent avec des victimes de *tragédies*. Il songea qu'il était temps de relever la tête. Une nouvelle ferveur l'irradiait. Second début. Existait-il une crème émolliente pour visages politiques ?

Il laisserait volontiers le Nicaragua à Hunger si celui-ci lui abandonnait l'Éthiopie. Il voyait peu à peu l'image de Terounech se former, se composant un visage de femme avec le souvenir de Suzanne et les sourires des prostituées de la place Saint-Georges qui sollicitaient les passants derrière le rideau rouge à demi relevé de leurs cases à plaisir. Tantôt il la drapait dans un *chamma* traditionnel, tantôt il l'habillait d'un pull et d'une jupe aux mollets comme en portaient les étudiantes à l'University College, chaussées d'espadrilles teintes.

Si Terounech venait habiter le Château sombre, accepterait-on, dans le quartier d'Elmwood, la présence d'une Noire ? Qu'est-ce qui était prévu dans le bail qu'il avait signé avec Maritain ? Les voisins forcément cancaneraient, mais feraient-ils des pressions indues ? Que diraient les *vigilantes*, cette police civile autonome qui parcourait les rues à cœur de jour ? Et les guetteurs derrière les rideaux ? Terounech accepterait-elle de venir avec lui ?

« Il était onze heures du matin. Je n'avais pas encore écrit la première ligne de mon premier cours. Je ne ferais rien de valable tant que je n'aurais pas vidé la question. Téléphoner à Mary Ann Wong ? Je risquais de l'alerter si par hasard elle n'avait pas relancé le professeur. Je décidai d'aller voir le personnage à la bibliothèque. Je ne voulais pas tant lui parler qu'en prendre la mesure, le situer. Je fermai derrière moi la porte du bureau sur Lucifer endormi. »

Dans toutes les salles de classe un enseignant pérorait à voix haute devant des colonnes vertébrales tordues en mille positions invraisemblables sur des chaises inconfortables. Dehors le soleil de février éclairait la cour pavée où des platanes placardés de slogans tendaient vers un ciel bleu comme un fond de piscine leurs branches couvertes de verrues. Gregory se dirigea par les sentiers vers un édifice situé à l'ombre du campanile qui dominait le campus ainsi qu'une nostalgie européenne. La bibliothèque était divisée en annexes et spécialités, et la salle principale n'avait rien de remarquable. Éclairage tamisé, chaises droites, tables en bois, organisation fonctionnelle. Un bibliothécaire lui demanda sa carte puis lui montra volontiers un Allan Hunger affairé, assis à l'une des longues tables du fond, livres ouverts et empilés autour de lui comme les fondations d'un igloo.

L'homme avait en effet l'air d'un clown triste, avec à ses pieds un casque de moto rouge feu strié d'or, sur son crâne des cheveux gris ondulés qui tombaient sur le col d'une chemise couleur marine. Il portait une veste en tissu écossais, avec au cou l'inévitable cravate qui distingue le professeur des élèves, qui ont droit aux T-shirts, jeans, shorts et autres oripeaux. Le visage était rondelet, le teint olivâtre, les sourcils broussailleux. Francœur ne pouvait voir ses yeux cachés par de petites lunettes rectangulaires. Hunger n'avait pas l'air d'un sportif : épaules voûtées, mains délicates. Le front était coupé d'une seule ride profonde.

Gregory s'assit à quelques tables de distance pour surveiller son homme. Des étudiants entraient dans la salle, clignaient des yeux, s'orientaient puis venaient porter au professeur un document. L'autre, parfois, remettait à l'élève une enveloppe qu'il prenait dans un sac à dos noir jeté à ses pieds et replongeait, sans un mot, dans son travail. Il semblait rédiger des listes interminables de mots qu'il vérifiait à l'occasion dans le dictionnaire. Une seule fois leurs yeux se croisèrent, mais Allan Hunger devait être myope et ne pas voir jusqu'à la table de Gregory. Celui-ci sursauta quand sonnèrent les cloches de midi. Il se retira pendant que dans la cour adjacente le carillonneur frappait de ses poings gantés le clavier de bois franc. « Je vais lui écrire, se dit-il, ce sera plus facile que d'aller à voix basse lui raconter mon indiscrétion. Peut-être même ne nous parlerons-nous jamais. Nous n'avons rien à nous dire en réalité ! Il suffit que je fasse une mise au point. » Gregory, plus timide qu'il ne l'aurait cru, partit sur la pointe des pieds.

« Dans notre bureau commun Lucifer, pendant mon absence, s'était réveillé en proie à une panique claustrophobique. Il avait attaqué à coups de griffes et mordu quelques gros volumes (et un supplément) du *Grand Dictionnaire universel du XIXᵉ siècle* de Pierre Larousse, placés tout à côté de la fenêtre. Les reliures de l'œuvre monumentale étaient en lambeaux. Il n'y aurait plus jamais moyen de distinguer le onzième volume (NEM-OZ) du neuvième (H-K). Je tentai de réparer les dégâts les plus évidents avec du ruban Scotch. Papa en aurait été touché. Il m'avait appris le respect des dictionnaires, mais par-dessus tout celui de l'ordre alphabétique : la maison de mon enfance, de l'entrée à la cuisine, de la cave au grenier, affichait sur ses tiroirs et armoires des lettres de cuivre poli. "Ainsi rien ne se perd", disait papa. J'aurais pu ajouter : "Rien ne se crée." Je tenais de lui mon sens de l'ordre et de ma mère celui de la propreté.

» C'est pourquoi la veille, dimanche, j'avais passé quelques heures à mettre en scène le décor du Château des chats. J'avais fouillé le garage et le grenier à la recherche d'objets qui pourraient évoquer une Éthiopie familière, une Afrique apprivoisée. Je débusquai des photographies d'animaux sauvages, des poteries peintes, des tissus étincelants, des paniers tressés de rouge et de noir, des machettes gainées, un énorme bouclier en cuir d'hippopotame et un diplôme attestant que le propriétaire avait, lors d'un de ses voyages, escaladé les cinq mille huit cents mètres du pic d'Uhuru sur le Kilimandjaro. J'accrochai le document, signé du directeur des parcs de Tanzanie, au salon, nettoyai les autres objets et les distribuai avec soin dans la maison. Le tout avait belle allure.

» Assis sur le sofa, au-dessus duquel j'avais accroché des scènes de chasse au léopard, je tentai d'expliquer à Lucifer pourquoi Suzanne m'avait laissé à moi-même. Je lui dis les limites de la monogamie dans une société où l'espérance de vie avait tellement progressé que les mariages mouraient d'ennui. Tant que Janvier avait habité avec nous à la maison, dis-je au chat qui m'écoutait avec attention, Suzanne et moi ne nous étions rendu compte de rien. Mais une fois le nid vide, nous avions eu le vertige.

» C'est à ce moment précis que j'aurais dû être attentif à l'autre, or je n'étais préoccupé que de moi-même. Je faisais l'œuf, je demandais que l'on me couve et me réchauffe. Je m'étais lancé en politique, plus le temps passait, plus je prenais des bains de foule, moins je me douchais avec ma femme. Elle m'a laissé filer par la porte de derrière parce que j'avais troqué ses murmures tendres contre des applaudissements qui me faisaient bander. »

Assis devant un sandwich et un café, Lucifer couché à ses pieds, Gregory Francœur se mit à la tâche. « Cher Allan Hunger, je suis votre nouveau compagnon de bureau. » Vingt fois il jeta ses brouillons au panier. Comment dire en deux pages qu'il se sentait comme une chrysalide ? Que du fond de son cocon il entendait lui aussi l'univers hurler. Qu'il voulait sortir de lui-même, se donner, se transformer, laisser derrière le vieil homme. Qu'il avait pris prétexte de l'arrivée de Terounech pour s'impliquer. Mieux encore : Terounech venait à sa rencontre depuis le fond des âges. Il ne voulait pas la perdre maintenant qu'il la connaissait. Il était prêt à aider de mille manières. Avait-on besoin de lui pour le Nicaragua ? Il se déclarait volontaire pour le monde entier.

Mais chaque fois qu'il relisait sa missive, il entendait Suzanne le ramener à sa réalité : « Si tu sors de ton cocon, un jour, ce sera une fois de plus pour papillonner. » Les mains dans les poches, il se tint de longues minutes devant la fenêtre ouverte cherchant à retrouver dans l'air le parfum des eucalyptus. Nostalgie.

7.

Tentant d'oublier qu'il n'avait pas su (ou voulu) faire face à l'adversaire, Gregory consacra de longues heures à cerner la problématique de l'enquête sur l'idée du bonheur.

Il ne voulait pas d'un autre sondage sur les habitudes de consommation et le plaisir que l'on peut trouver à conduire une Mercedes. A la fin de la journée, après avoir rédigé le plan de cours du lendemain, il rentra se coucher assez tôt. Il ne s'aimait pas beaucoup dans le rôle d'activiste à la retraite et mit du temps à s'endormir.

« Vers trois heures du matin, le téléphone sonna dans la cage d'escalier. Je réussis, de peine et de misère, à rassembler mes esprits suffisamment pour me lever. Incrédule, j'écoutais l'appel se répéter. On ne peut que vous annoncer de mauvaises nouvelles au beau milieu de la nuit ! Puis l'idée me vint que Suzanne ne savait peut-être pas qu'il y avait entre nous trois heures de décalage. Sans penser qu'elle ignorait même mon numéro, je calculai, montre en main, qu'il serait six heures à Montréal. Cela ressemblait à ma femme. Aussi fus-je étonné d'entendre dans l'écouteur une voix plus sèche, plus essoufflée que la sienne, affublée d'un curieux accent germano-américain. Je m'identifiai, demandant à mon interlocutrice d'en faire autant.

» – Merci de me répondre, monsieur Francœur, malgré l'heure tardive. Je me nomme Elizabeth et j'appartiens au mouvement du Sanctuaire, dit la voix inconnue en anglais. (Je grognai.) Je vous appelle de la part de notre sœur Mary Ann qui nous a laissé votre nom. J'ai obtenu votre numéro par les renseignements de Pacific Bell.

» Cela paraissait vraisemblable. J'avais, en louant la maison, assumé les frais de téléphone et l'on devait transférer à mon nom l'abonnement du précédent locataire...

» – C'est le tout *premier* appel téléphonique que je reçois, dis-je, et je vous remercie de me réveiller à trois heures du matin pour me souhaiter la bienvenue en Californie au nom des Missions adventistes ! C'est dans votre religion ?

» – Monsieur Francœur ! Mary Ann m'avait parlé de votre sens de l'humour ! répliqua Elizabeth l'inconnue.

» – Et où est Mlle Wong à cette heure matinale ? demandai-je, légèrement impatienté.

» – A Boston pour l'instant. C'est pourquoi je me suis permis. Nous avons un sérieux petit problème, monsieur Francœur, et vous êtes le seul cette nuit à pouvoir nous aider.

» – Je vous écoute, fis-je, le cœur battant (était-ce l'initiation tant attendue ?).

» – Vous connaissez le mouvement du Sanctuaire ? demanda-t-elle.

» – Oui, dis-je.

» J'avais lu dans le *New York Times* que le gouvernement américain enquêtait sur les pratiques de certains pasteurs protestants qui avaient pris sous leur aile à ce jour près de deux mille réfugiés politiques. Je les trouvais courageux. Quelques-uns avaient été condamnés à des amendes sévères et d'autres s'étaient retrouvés en prison.

» – Je vous parle ouvertement, monsieur Francœur, pour deux raisons. D'abord je ne pense pas que les autorités aient déjà placé votre appareil sur écoute téléphonique. Vous venez à peine d'arriver. Et puis surtout Mary Ann m'a appris que vous étiez le nouvel assistant du professeur Hunger, que nous connaissons bien, que nous aimons beaucoup et que je vous prie de saluer de notre part parce qu'on ne se voit pratiquement jamais.

» – Certainement, dis-je, sans faute.

» Je grimaçai.

» – Monsieur Francœur, un de nos militants a eu un grave accident, cette nuit, et vous êtes le seul qui puissiez le remplacer. Peut-on compter sur vous ?

» Par la fenêtre de l'escalier je voyais dehors un trou noir semblable à celui qui occupait tout l'espace de mon cerveau. J'allais être happé par les événements. Papillon de nuit.

» – Il est trois heures sept, dit la voix, on se synchronise.

» – C'est fait, répliquai-je, et ensuite ?

» – Vous vous habillez et sortez par la porte du jardin, longez la maison du côté nord jusqu'au trottoir. S'il n'y a pas un chat, vous vous dirigez vers le parking souterrain de l'église presbytérienne qui est située tout en bas de votre rue.

» J'avais remarqué un bâtiment en longueur, conçu comme un navire, bâti en planches debout, dans un style spirituel moderne sur pilotis de béton. Je le décrivis.

» – C'est celui-là, répondit Elizabeth. Dans le parking sous l'église vous trouverez une Toyota grise, les clefs sont derrière la roue arrière gauche, appuyées sur le pneu. Maintenant je dois vous dire qu'il y a deux hommes qui sont couchés dans le coffre à bagages de la Toyota. Ne vous inquiétez pas, nous avons percé le métal pour qu'ils puissent respirer.

» – Qui sont-ils ?

» – Des représentants du Front révolutionnaire Farabundo recherchés par les services d'immigration américains parce qu'ils ont participé hier à un meeting devant Sproul Hall. Vous y étiez ?

» – Non, je n'ai pu m'y rendre, dis-je.

» – Enfin, comme vous savez, c'est le docteur Hunger qui a proposé cette stratégie de meetings quotidiens où nous dénonçons un soir l'apartheid en Afrique du Sud et le lendemain l'agression des USA en Amérique du Sud.

» J'avais compris. Activistes de tous les pays ! Hunger ne se contentait pas d'adopter des Éthiopiennes par l'entremise des missionnaires, il coordonnait les luttes politiques sur le campus. Je revoyais les banderoles de papier que les étudiants préparaient tous les matins et collaient aux édifices avec du ruban, pour ne pas maculer les murs. Des manifestants propres, écolos, esthètes, cheveux courts et mains blanches. Des manifs ordonnées. Les anciens, ceux de l'époque héroïque vietnamienne, ne devaient plus reconnaître leurs enfants.

» – Qu'espérez-vous de moi ? demandai-je, et pourquoi ?

» – Parce que vous n'êtes pas encore repéré, monsieur Francœur, me répondit la missionnaire comme si elle s'adressait à un enfant. Nous voulons que vous transportiez les clandestins. Ces deux hommes sont très importants pour le mouvement. Ils recueillent des fonds présentement aux États-Unis. Je ne vous cache pas que sans vous la livraison risque d'être impossible.

» – Ce qui veut dire ?

» Il y eut un silence embarrassé au bout du fil.

» – Ce qui veut dire que, si ces hommes sont capturés par les services d'immigration et renvoyés chez eux, ils seront certainement passés par les armes.

» – Où dois-je les conduire ?

» Le temps pressait et je n'allais pas faire l'imbécile. Quand on participe à l'aventure du monde il ne faut pas se prendre pour Salomon.

» – Vous verrez sur la banquette avant une carte. Le parcours est tracé en jaune. Ultimement vous arriverez au bout d'une route secondaire puis d'un chemin de campagne. N'ayez crainte, la voiture n'a jamais servi pour ce genre de transport. Vous devez être là-bas avant le lever du soleil. Nous ne serons pas loin derrière.

» – Je vous remercie de votre confiance, dis-je.

» – Que Dieu vous bénisse. Merci.

» Et la voix s'éteignit dans le récepteur. Elizabeth avait raccroché. Quel était ce cinéma ? Celui prédit par la commère ? »

Gregory s'habilla rapidement, mit un blouson sombre, passa à la cuisine, fit bouillir un peu d'eau pour avaler un café instantané cependant qu'il ramassait ses papiers et ses clefs. Quand il ouvrit la porte, Lucifer le suivit et tous deux descendirent en silence le trottoir dont le ciment était, çà et là, soulevé par les racines des arbres. Le parking en sous-sol luisait, faiblement éclairé par de longs néons recouverts de grillage. La Toyota était stationnée tout près de la sortie, assez loin d'une douzaine d'autres véhicules qui devaient appartenir au clergé. Il récupéra comme prévu la clef sur le sol, ouvrit la portière, fit monter Lucifer et mit en marche le moteur qui ronronna comme le chat. En embrayant, lançant la voiture dans la rue, il salua *(¡ Hombre !)* à voix haute en espagnol ses passagers ; des grognements amicaux lui parvinrent à travers la banquette.

Il fila vers la rue College, trouva Ashby, prit la route 13 par Walnut Creek. Direction Fairfield, disait la carte, en passant par les collines de Concord. Dans la nuit profonde, l'autoroute n'était pas déserte. De nombreux poids lourds le dépassèrent en trombe. Il vérifia ses arrières dans le rétroviseur. Il ne semblait pas être suivi, au contraire, les chauffeurs, profitant de l'heure, ne respectaient plus les limitations de vitesse. Il se tint à droite, ne pouvant se permettre ce genre d'audace. Puis il ouvrit la radio, cherchant en vain une musique agréable, pensant à ses clandestins coincés derrière, surveillant sans cesse les panneaux routiers qui brillaient au-dessus des sorties.

Une heure vingt minutes plus tard, la Toyota quitta les six voies parallèles pour s'engager sur une petite route perpendiculaire. Les phares éclairaient, de chaque côté des accotements, des buissons en forme de nuages. Fairfield était derrière, sur la gauche, et aussi loin que portait son regard il ne pouvait voir que des cours de ferme. Il cherchait un carrefour où, disaient les indications sur la carte, deux petites églises blanches devaient se faire face, de chaque côté du chemin. Seul un hélicoptère aurait pu le suivre à travers champs. Gregory jeta un coup d'œil inquiet par le pare-brise vers un ciel qui rosissait.

Les deux églises étaient plus petites que ce à quoi il s'attendait. Dans l'une, illuminée de lampions jaunes, des fidèles chantaient la gloire de Dieu et la peine des hommes. Il stationna la Toyota sur le côté de la cha-pelle, ouvrit le coffre arrière, découvrit les deux hommes recroquevillés qu'il aida à descendre. Ils n'étaient ni costauds ni grands, il les trouva beaux et sereins et leur serra les mains avec effusion. Le chant des insectes se mêla au chœur.

« Nous nous sommes embrassés tous les trois, comme des hommes, sur les joues. Ce n'est pas dans mes habitudes, mais l'émotion, le paysage, la musique, l'heure, la fatigue et le sens du devoir accompli me firent monter les larmes aux yeux. Je savais que je ne les retrouverais jamais sur mon chemin. Ils se glissè-rent, comme convenu, dans l'église en prière. »

Sur le chemin du retour le soleil éclaboussa au loin une rade calme où dormaient à l'abandon des centaines de navires de guerre, remisés depuis 1946 à en juger par le style des coques. Vision pacifique inouïe ! Ces fantômes d'acier devaient contenir, se dit Francœur, de pleines cargaisons de cris étouffés, de chocs de torpil-les, d'odeurs de combats navals. Des porte-avions dor-maient comme des parkings monstres dans une bro-cante de fer, d'acier et de cuivre.

« Puis la route fit une courbe et les carcasses grises des destroyers disparurent derrière des collines mauves. Lucifer s'était lové sur une couverture pliée en quatre dans la lunette arrière et regardait les voitures des ban-lieusards de plus en plus nombreuses former une caravane matinale en route vers San Francisco, toutes lanternes allumées.

» Je n'avais pas vu pareils jeux de lumière sur les nuages et l'horizon depuis les aubes africaines ! Les expéditions de chasse au léopard se préparaient aussi la nuit. Après quatre heures de route, la Land Rover précédait sur la piste poussiéreuse les Volkswagen cahotantes. Nous avancions à l'aveuglette entre les acacias.

» Cinq heures du matin. Novembre. La lumière mordille les nuages et leur fait cracher du sang. Quand nous sommes arrivés en caravane, hier soir, nous avons par prudence planté les tentes en demi-cercle et tourné les voitures vers la piste. Moteurs arrêtés, nous sommes restés assis de longues minutes, jusqu'à ce que la poussière retombe dans les faisceaux lumineux des phares. Puis, tout devint silence palpitant. Nous avons transbahuté les bagages, légèrement inquiets. Les plus braves braquaient leur lampe de poche sur la forêt d'où venaient par bouffées des cris perçants. Mais l'on ne voyait que des troncs noueux, des gouffres, ou encore quelques paires d'yeux énormes et jaunasses qui nous fixaient un instant et s'éteignaient soudain. Nous avons fait du feu, bu du cognac à même la bouteille, avec des biscuits salés et du fromage blanc. Suzanne a chanté des ballades auxquelles nous répondions bruyamment. Nous nous sommes couchés très tard tout en jurant de nous lever tous, chasseurs, femmes et enfants, pour une expédition matinale.

» Évidemment, je suis le seul à m'être éveillé. Bon garçon toujours présent à l'heure des tournois. Café. Pain noirci sur la braise. Le paysage à la barre du jour n'a plus rien de l'environnement nocturne hostile. Sans le savoir, nous nous sommes installés sur une colline.

Au loin, des paillotes font des taches dans la plaine. Je m'empare du mauser et me dirige seul vers un morne sur la gauche, les doigts serrés sur la crosse de bois verni, le cran de sûreté sous le pouce. Je cherche à ne pas même éveiller les insectes. Je fais cinq pas. Je m'arrête. J'écoute. La brise commence à respirer. Cinq pas, je compte. Une pintade file d'un arbre à un autre avec un bruit saccadé. Je reste figé un instant. Suzanne doit encore dormir, comme tous les autres que le cognac a engourdis. Je marche près d'une heure autour du morne.

» Les arbres au pied de la pente se font plus serrés. Puis c'est soudain une clairière comme un halo blond. Trois gazelles des marais y broutent paisiblement. Je suis à contrevent. Je porte en tremblant mon arme à l'épaule. L'énervement m'aveugle. Mon cœur chahute. Je fais un effort pour respirer profondément. Vais-je d'abord tirer celle de gauche, la plus rapprochée ou la plus grosse ? Peu à peu, je deviens aussi calme que les bêtes qui ne m'ont ni vu ni senti, et qui mâchent comme des chèvres une herbe pleine de rosée. Puis c'est l'explosion, quatre coups en rafale. Il me reste une cinquième balle.

» Deux gazelles s'écroulent et gémissent. Une troisième s'enfuit. Blessée ? Je cours derrière en vain. Comment ramener ces trophées et toute cette viande au campement ? Comment les retrouver ? J'accroche à un arbre ma chemise à carreaux bleue et je pars en courant vers le camp, laissant ici un mouchoir piqué aux épines d'un buisson, là une chaussette dans les ronces. Quand j'arrive enfin devant les tentes, ils sont tous debout à siroter leur café, je suis en caleçon, heureux comme un Pygmée qui a bien chassé. Ils m'applaudissent à tout rompre. Je bande. »

Il était près de sept heures quand il replaça la Toyota au garage où il l'avait prise. Le chat descendit prestement et partit à la chasse aux oiseaux. Francœur marcha comme un automate jusqu'au Château. Il ramassa mécaniquement un journal enveloppé d'une pellicule de plastique bleu tendre, jeté en travers de la porte, et tituba jusqu'à son lit. Il devait donner un premier cours à dix heures trente.

8.

Le procureur Roenicke lui fit parvenir, ce mercredi-là, une note qu'il attendait depuis plusieurs jours. Suzanne, disait le mémo dactylographié, devait arriver à San Francisco à la fin de la semaine. Elle serait accompagnée d'un avocat québécois qui servirait de conseiller pour sa défense. Le gardien qui lui remit le pli contemplait sur sa table avec ahurissement les tablettes de papier jaune recouvertes de son écriture fine.

« Vous écrivez un roman ? » demanda-t-il à Gregory. Il ne voyait pas pourquoi il fallait tant de pages pour se laver d'une banale histoire de mœurs. Il clignait des yeux en parlant : lui aussi aimait les filles, mais il votait pour le bordel contre la violence. Qu'est-ce que préférait le *french rapist* ? Des fesses jeunes, fermes, colorées, souples, gracieuses ou ensoleillées ? N'en pouvait-il trouver de disponibles sur le campus ?

Gregory lui raconta qu'il s'était satisfait des caresses chatouilleuses de Lucifer sur ses mollets, laissant aux costauds des corn flakes et aux athlètes du jus d'orange le droit de cuissage sur les étudiantes du plein air. Le bonhomme le regarda avec un sourire en coin, légèrement moqueur. Francœur lui expliqua qu'on ne touche plus impunément aux privilèges intimes des chattes instruites. Les professeurs devaient recevoir leurs élèves porte ouverte. Une préposée au harassement sexuel officiel examinait les plaintes de toute jeune femme persuadée qu'on voulait attenter à sa pudeur. « Don Juan, ajouta Gregory, serait à notre époque mort de peur ! »

Le gardien n'était pas convaincu. « Les violeurs qui n'osent pas aller au bout de leur désir, affirma-t-il avec dédain, finissent comme vous par devenir pyromanes ! » Avec ce genre d'individu, il y a moins de cent ans, Francœur eût été lynché sans autre forme de procès. Des chercheurs d'or hirsutes ou des cow-boys poussiéreux l'auraient attaché au premier chêne venu. Des soupçons à la corde, la justice du Far West était expéditive. Avant d'aller boire à la paix de son âme, la foule aurait applaudi bruyamment le bourreau et le pendu. « Je serais mort bandé ! » pensa Gregory.

Le gardien le quitta en haussant les épaules. Il préférait aller fumer un cigare dans son cagibi plutôt que s'entendre exposer des théories stupides sur l'écriture et la sexualité. En fait, il aurait particulièrement aimé aller avec son prisonnier au base-ball, dans la cour, où l'on disputait un match inter-institutions. Mais maintenant que Suzanne arrivait, Francœur devait avancer le plus possible dans son récit.

« J'avais, au retour du périple en Toyota à Fairfield, dormi deux heures, puis je m'étais réveillé brusquement. Les yeux encore lourds de sommeil, je me présentai devant les étudiants. Ils étaient tous reposés, en santé, bronzés et beaux. J'aurais aimé, pour me valoriser, raconter mon entreprise nocturne. Mais les règles de la politique clandestine ne sont pas celles des campagnes électorales. Je dus me contenter de passer pour un fêtard. Les Asiatiques de la classe me jugèrent sévèrement, malgré tous mes efforts. Que faire ? Mon sang ne circule pas à une vitesse suffisante quand je suis en manque de sommeil. J'avais dans le cerveau des bruits de conque. Le timbre de ma voix n'était plus qu'un filet mat. Ils me contemplaient comme si je représentais un écran cathodique trop pâle, à balayage électronique de faible densité ; ils me voyaient comme leur ordinateur, je m'agitais dans un jeu vidéo caduc, ombre de télévision. Les filles m'écoutaient avec déférence, mais certaines semblaient se demander si elles n'avaient pas devant elles un gigolo à peine revenu de ses nuits folles dans un tripot espagnol.

» J'expliquai avec passion les conceptions respectives que se font du jeu politique les Anglais et les Français. Les façons différentes que l'on a de mentir à propos des mêmes sujets dans chacune des langues officielles du Canada. Je donnai des exemples hilarants. Pas une question. Pas un commentaire. Pas un sourire. Ils quittèrent la salle avec indifférence, comme si je venais de terminer l'autopsie d'un rat. Ce n'était pas un succès ! Il faudrait trouver autre chose pour jouer à guichets fermés. Je ne voulais pas d'un coup de marteau qui mît fin à ma carrière de conférencier. J'avais la langue sèche et la salive amère. *Have a nice sleep !* »

Quand ils eurent tous passé la porte, Francœur s'assit et jeta un regard distrait sur les listes reçues de l'ordinateur. Combien seraient présents à la prochaine conférence ? Que pourrait-il leur raconter qui les intéressât ? Comment sauver l'univers la nuit et remplir ses devoirs le jour ? S'était-il trompé de planète ? Épuisé par sa prestation ratée et sa nuit blanche, Gregory Francœur rentra au Château plus tôt qu'à l'ordinaire. Il dormait debout. Maritain poussait, sur la pelouse mitée devant sa maison, une tondeuse mécanique bruyante comme une crécelle. Il vit arriver Gregory et se précipita pour le féliciter de son nouvel achat.

— Quel achat ? demanda Francœur qui ne comprenait rien à l'enthousiasme du concierge et n'avait surtout pas envie de discuter.

— La Toyota ! répondit Maritain, je vous ai aperçu ce matin allant faire un tour.

Gregory se réveilla d'un coup et se sentit submergé par une colère profonde qui lui montait des entrailles vers la gorge. Il détestait être épié. Son visage vira au cramoisi. L'autre enchaîna rapidement d'instinct, presque pour s'excuser :

— Je suis insomniaque, dit-il, les mains implorant le ciel, il m'arrive souvent de me lever la nuit et d'aller marcher dans le quartier. J'emprunte les journaux du matin devant les portes, je les lis sous un lampadaire, je les remets sans que personne le sache. Je connais les nouvelles avant tout le monde. Ce matin, je vous ai vu au volant, rue College, vous alliez vers l'autoroute.

Gregory comprit qu'il devait sur-le-champ trouver une explication plausible à son périple nocturne. Ou bien est-ce que Maritain était un informateur à la solde du FBI ? Un agent de la CIA ? Il mentit du mieux qu'il put :

— Oui, c'est dommage, j'ai décidé de ne pas l'acheter. Elle avait une vilaine tendance à tirer sur la gauche. J'avais demandé à son propriétaire un essai, mais puisqu'il s'en sert pour son travail, j'ai dû aller faire un peu de vitesse sur l'autoroute cette nuit.

Voyant que son discours portait, Francœur eut une idée géniale pour confondre le concierge.

– Vous ne pourriez pas, lui demanda-t-il, m'aider à trouver une voiture d'occasion ? Je n'y connais pas grand-chose. Et surtout j'ignore tout du marché ici.

Et comment donc ! Maritain était ravi. Ce qu'il préférait, dans la vie, c'était rendre service et en tirer un petit bénéfice au passage. Il ferait le tour de piste nécessaire. Francœur remercia et rentra dans la maison par l'arrière, cependant que l'autre terminait ses travaux de jardinage. « Je vais me crever l'estomac », pensa-t-il en prenant sur une tablette de la cuisine des fruits au sirop qu'il mangea à même la boîte, avec une fourchette, choisissant à la pêche les plus gros morceaux, buvant une gorgée de jus trop sucré, sans se couper les lèvres sur le métal, s'essuyant la bouche du revers de la main. Il vit par la fenêtre Maritain en conversation avec Lucifer, mais la fatigue l'envahit, il tira les rideaux, ouvrit la télévision et se laissa tomber sur le sofa de l'entrée où il s'endormit en transpirant abondamment pendant que l'Amérique vibrait au plaisir de deviner juste le coût d'un objet offert en prix. Orgasme électronique.

Dans son sommeil profond, il percevait des cris, des coups de feu et des musiques, mais il était profondément enfoncé en lui-même et ne réussissait pas à se hisser plus d'une seconde hors du caisson étanche de son crâne fatigué. Vers vingt-deux heures l'on frappa à la porte et Francœur mit de longues minutes avant d'aller répondre, croyant que les coups venaient toujours de l'appareil de télévision : le concierge était revenu et agitait sous son nez une publication spécialisée dans le commerce automobile qu'il avait annotée, encerclant un prix, soulignant un numéro de téléphone. Francœur s'étonna de l'âge des voitures annoncées. Des bagnoles, qui, au Québec, étaient depuis longtemps empilées les unes sur les autres dans les cimetières d'autos, dévorées par la rouille jusque dans leurs entrailles, se vendaient ici avec un pedigree, à des prix époustouflants ! Maritain lui proposait un spécimen très recherché sur la côte, une coccinelle de douze ans qu'il pourrait acheter pour 1 500 dollars. Elle était stationnée dans la rue, en face, et n'attendait que son bon plaisir. Comment résister ?

« Ma première voiture, la première automobile de ma vie, avait été une Volkswagen gris-bleu achetée en Éthiopie dont la lunette arrière était si petite qu'on eût dit le hublot ovale d'un scaphandre. L'on racontait partout que la coccinelle était si bien conçue que, tombant à l'eau par exemple, elle flotterait, étanche, comme une barre de savon *Ivory*. Pour lui donner plus fière allure encore, j'avais peint les flancs des pneus en blanc, avec un produit caoutchouté, et tous les dimanches soir, avant la nuit, je les rajeunissais d'un coup de pinceau après une randonnée sur le mont Entoto ou vers Adama. L'on y buvait en groupe, toujours les mêmes, entre professeurs étrangers, sur la terrasse en pierre de l'unique hôtel, des bières tièdes que nous disputaient des myriades de mouches poilues. Les indigènes s'approchaient pour nous examiner, se tenant à quelques mètres, feignant l'indifférence, les yeux à demi fermés par le glaucome, dévorés comme les goulots des bouteilles par les mouches bruissantes, appuyés élégamment à leurs longs bâtons de berger.

» Plus l'heure avançait, plus le cercle des curieux allait grossissant et se resserrait sur la terrasse. L'odeur doucereuse de beurre rance dont ils enduisaient leurs cheveux embaumait l'air lourd. Des consommateurs blancs, assis devant leurs boissons, s'énervaient, criaient et demandaient aux garçons de table de chasser les pâtres, promettant d'énormes bakchichs. Les garçons n'en faisaient rien. Ils nous méprisaient même un peu tous, sachant que nous n'étions que la première version de l'homme, le prototype que Dieu avait retiré de son four solaire trop tôt, trop vite, trop pâle.

» Ils savaient que l'Éternel avait tenté un deuxième essai, mais que pour cette seconde cuisson Il avait trop attendu. Le deuxième homme sur terre était apparu trop cuit, retiré trop tard du feu, noirci. Dieu, disaient-ils, avait jeté le premier en Europe, le second au fond de l'Afrique, mais Il s'était repris : cette œuvre parfaite, ni trop rôtie ni trop crue, de la belle couleur d'une robe de gazelle, il lui donna vie et l'Éthiopie en partage.

» Depuis le sentier pierreux qui contournait l'hôtel, le premier homme réussi nous regardait, intrigué, se demandant en lui-même ce que nous apportions à leur civilisation et pourquoi le négus, le roi des rois, le descendant de Balkis et Salomon, leur empereur bien-aimé, nous avait invités sur ces hauts plateaux. Pour boire de la bière ? Assis tout le jour sur de petites chaises à ne rien faire ?

» Suzanne, un dimanche, fit remarquer que les sites archéologiques les plus anciens, où l'on avait rencontré les plus vieux hominidés, étaient à quelques heures seulement de l'hôtel d'Adama, à vol d'aigle, dans la vallée de l'Omo. "Pas étonnant que ces pauvres cons soient aussi primitifs !" avait rétorqué un buveur. Suzanne s'était levée d'un bond, l'avait aspergé de bière et avait appelé les mouches pour qu'elles le dévorent ! Elle le frappait avec rage, et l'autre se roula par terre se confondant en excuses. Les bergers s'amusaient comme au théâtre. Nous étions rentrés en silence à Addis-Abeba où, avant de monter dîner, je mis de longues heures à

fignoler les flancs blancs des pneus noirs de ma première coccinelle. »

La Volkswagen californienne, devant la porte, semblait n'attendre qu'un coup de baguette pour se transformer en citrouille. Elle avait été repeinte à la main
par un étudiant en arts graphiques et sûrement décorée
à l'intérieur par un yuppie gay qui privilégiait le rose
et le vert phosphorescents. Les ailes avaient encaissé
des coups durs évidents dans les parkings et les rallyes.

« Je demandai d'en faire l'essai sur-le-champ.
J'avais, si l'on peut dire, une certaine habitude de la
vie nocturne ! Maritain s'assit à la place du mort et
nous sommes partis en trombe sur l'autostrade qui
longe la baie, vers le nord, poussant à fond un moteur
obéissant. Les freins répondaient au moindre appel,
phares et clignotants réagissaient, et même la radio
fonctionnait allégrement. Après une virée dans les rues
d'Albany, je décidai de rentrer à Berkeley. Le concierge
insomniaque proposa que j'achète la voiture avant
minuit. Cendrillon hésitait. "Ce carrosse est une affaire
en or", soutenait-il. Chère mais solide. Un grand cru :
1972 ! Mais il fallait faire vite. Prendre une décision à
cent à l'heure.

» – Vous ai-je loué une maison que vous regrettez ?
demanda-t-il.

» – Je suis même content des chats !

» – Alors, croyez-moi, allons voir illico le proprio !

» – Il acceptera un chèque ?

» – Je m'en porterai personnellement garant.

» Devant tant d'ardeur, je pouvais difficilement me

défiler. Quel profit tirait Maritain de cette affaire ? Je tentai une dernière manœuvre :

» – Ne sera-t-il pas couché ?

» – Il a ses quartiers au People's Park, dit l'autre, s'il dort il ne sera pas difficile à réveiller. »

People's Park est un lieu si célèbre, depuis les affrontements politiques des années soixante, que ni l'université propriétaire du terrain, ni la municipalité qui fait les règlements, ni les autorités supérieures de la police n'ont osé encore y toucher. Une partie du champ est en jachère. Tous les dimanches, les citoyens y viennent planter des arbres ou des arbustes qui poussent difficilement dans les herbes hautes. Des boîtes de déchets jonchent le parc qui a plus l'air d'un terrain vague que d'un projet politique précis. Mais Berkeley est une municipalité de gauche, certainement la plus pure des États-Unis, quand on en vient aux droits de la personne. Le territoire est parsemé d'églises. Le conseil de ville a même voté une résolution interdisant formellement aux avions porteurs d'armes nucléaires l'espace céleste municipal ! Copies de la résolution furent expédiées solennellement à Moscou et Washington. Cité bénie pour tous les Allan Hunger de la terre !

People's Park est habité, la nuit, par les romanichels sans abri, musiciens déguenillés, douces aliénées poussant devant elles des chariots bourrés de sacs en papier brun, victimes anciennes de voyages au LSD sans billet de retour, géants roux et vagabonds noirs qui se rassemblent autour de feux de bois allumés dans de vieux barils de pétrole. Maritain fit stationner la voiture rue Haste et entraîna Gregory dans les broussailles pour lui présenter le propriétaire de la coccinelle. Ils le trouvèrent à l'abri de cartons épais, se protégeant du vent et de la fumée, tout à côté d'un podium de béton sur lequel un garçon chantait en espagnol, s'accompagnant à la guitare, des airs flamencos.

« Je reconnus avec surprise un grand gaillard habillé de noir, chemise blanche et cravate rayée, que j'avais pris pour un pasteur protestant quand il annonçait à la cantonade, devant les portes de l'université, la fin du monde. Il se tenait tous les midis près de Sather Gate, en compagnie d'une toute petite vieille dont la plus grande joie était de lancer des bulles de savon dans l'azur. Le plus souvent, les étudiants lui donnaient la réplique pour rire, et le sermon dégénérait en plaisanteries grivoises. "Jésus a dit : Repentez-vous avant qu'il ne soit trop tard !" criait l'évangéliste. "Jésus a dit : Baisez-les toutes avant qu'il ne soit trop tard !" répondaient les évangélisés.

» Dans la nuit de People's Park, le pasteur me parut calme et reposé. Maritain lui annonça que j achetais la voiture, s'il voulait toujours la vendre. "Vous en prendrez grand soin ?" demanda-t-il en se tournant vers moi. Puis, d'un air renfrogné, il demanda : "Qu'est-ce que vous faites dans la vie ?" Je lui répondis que j'étais à la recherche de la vérité et que la coccinelle pourrait peut-être me mettre sur la voie du bonheur.

» – Il est complètement fou ! dit le pasteur à Maritain.

» – Ne le sommes-nous pas tous ? répliqua le concierge en me regardant avec admiration.

» Je voulus savoir si sa voiture avait été baptisée. Si elle avait un nom auquel elle obéissait. Le pasteur fronça les sourcils. Il faisait de plus en plus humide dans les broussailles, et les latrines tout à côté avaient des relents nauséabonds d'urine populaire. J'aurais voulu que l'on s'approchât du feu.

» – Apocalypse ! dit enfin le pasteur, c'est son nom et ce sera 1 500 dollars.

» Maritain jura qu'il se portait garant de ma signature, je scribouillai la somme sur le chèque de la Wells Fargo, le chéquier tourné vers la flamme pour y voir clair, me servant du dos du concierge comme écritoire.

» – Aristote ! lança le pasteur par-dessus nos têtes, j'ai vendu l'Apocalypse.

» – A qui ? demanda le jeune barde qui cessa de gratter sa guitare et s'amena vers nous.

» – A ce monsieur. Tu es content ?

» Aristote me regarda avec incrédulité remettre le chèque au pasteur et, avant que j'aie même pu lever la main pour me défendre, m'assena sur la tête un grand coup de sa guitare en acier. Puis un second sur l'épaule. Je vis Maritain se jeter sur lui au moment où un dernier choc sur le crâne me couchait en plein champ. J'entendis des cris, j'eus très froid, je perdis connaissance.

» – Une crise, m'expliqua le policier qui m'avait, avec le concierge, conduit à l'hôpital dans la voiture-patrouille. C'est dans leur programme génétique. Nous en avons discuté avec le maire. Ils sont tranquilles, gentils, doux, affables et puis, soudain, ils attaquent. Parfois, ils tuent. Il ne faut pas leur en vouloir, mais cela pose un problème de sécurité.

» – Ça va mieux ? s'enquit Maritain. Nous aurions dû être plus prudents. Ces gens sont remis en liberté par des psychiatres qui prônent la réinsertion des malades mentaux dans la société ! Visiblement Aristote tenait follement à l'Apocalypse !

» – C'est un comportement erratique induit par des processus chimiques, déclara le jeune policier qui me rappelait Janvier, l'autre matin en cours un spécialiste nous a tout expliqué. Par exemple : si ma femme me regarde d'une certaine manière, des nuages d'acide titillent alors mes neurones et je réagis ! C'est ma volonté qui m'empêche de la frapper, mon éducation. Le désir, c'est une certaine quantité de phosphore. Tous les plaisirs sont chimiques. C'est comme ça.

» – Vous n'allez pas arrêter mon agresseur ? demandai-je faiblement, grabataire, la chemise maculée de sang.

» – A quoi cela pourrait-il servir ? répondit le constable. On le relâcherait dans trois jours. Nous l'avons calmé.

» – Enfin ! L'important c'est que vous soyez en vie ! me dit Maritain avec chaleur.

» Puis il me tendit les clefs de l'Apocalypse et la carte d'immatriculation. *Have a nice car !*

» – Qu'est-ce que je fais ? demandai-je.

» – Elle est à vous. Vous l'avez même payée de votre sang ! Je vous aiderai demain pour les enregistrements. Ils vont vous garder ici jusqu'à ce que vous vous sentiez d'attaque.

» – Je vous raccompagne ! dit le policier en prenant Maritain sous le bras comme si c'était lui la victime.

» Ils m'abandonnaient sur une haute civière dans la salle d'urgence d'un grand hôpital vide comme une usine désaffectée. Une nurse m'apporta du café. Je ne m'étonnerais plus jamais des faits divers les plus fous qui remplissaient la presse locale. J'ai toujours eu un grand appétit de vie. J'avais échappé au jeu de massacre du guitariste. C'était signe de bonheur. Vers trois heures du matin, après m'avoir radiographié le crâne et les épaules pour constater qu'il n'y avait rien de fêlé, l'on me donna mon congé. A l'heure où les lions vont boire et où les missionnaires transportent des immigrants clandestins, un interne nettoya mes plaies, pratiqua huit points de suture et m'orna l'occiput d'une gaze légère qui permettrait à l'air de cautériser les chairs. Il me regarda comme l'artisan contemple un vase d'argile réussi.

» On m'offrit, pour terminer la nuit, une chambre d'hôpital à trois cents dollars. Déjà l'Apocalypse avait mangé mes économies. Je me retrouvai dans la rue sous une pluie de tous les diables, un déluge hivernal inattendu, glacial, qui, en quelques secondes, me transperça jusqu'aux os. N'eût été la qualité de la couture médicale, j'aurais attrapé une inondation du cerveau. *Have a nice flu !*

» Je courus me mettre à l'abri sous les pins rouges du parterre. L'on ne m'avait pas soigné la tête pour que je revienne mourir d'une pneumonie. Mais je fus incapable de trouver un taxi en maraude. Que sert à l'homme de gagner l'univers, s'il perd sa voiture ? Je me dirigeai vers l'Apocalypse qui était restée stationnée à côté de People's Park, marchant de longues minutes dans un vent mouillé comme museau de chien. Les gouttes de pluie rebondissaient sur le pavé qu'éclairaient des lampadaires gris. »

Gregory fut saisi, après toutes ces émotions, d'une soudaine envie de *tortillas* épicées, de *guacamole* fraîche, de bière mexicaine. Laissant l'Apocalypse au bord du trottoir, il pénétra en salivant dans un restaurant aux tables brunes où, seule âme vivante, somnolait un cuisinier courtaud. Il s'assit près de la fenêtre et commanda. Il serait, cette nuit-là, l'ultime client. Devant le restaurant, un prunier en fleur annonçait la fin de l'hiver. (Il grignotait des *nachos* trempés dans une purée de tomates.) Le printemps à Montréal est annoncé par les pissenlits, pensa-t-il, en Abyssinie par la *maskal*, une marguerite jaune dont les jeunes filles ornaient leur front.

Relevant la tête pour boire, Francœur aperçut, de l'autre côté de la rue Telegraph, l'affiche d'un restaurant fermé : *The Blue Nile*. En plissant les yeux, il crut deviner, comment pouvait-il en être autrement ? *Ethiopian cuisine*. Incrédule, néanmoins, il demanda au cuisinier qui s'agitait devant ses fourneaux de lui dire s'il lisait bien l'affiche derrière les rideaux. Le Mexicain lui apprit que sur la même rue, de Berkeley à Oakland, tout à côté, il n'y avait pas que le *Blue Nile*, mais trois autres Éthiopiens qui lui faisaient concurrence dans l'exotisme épicé. Un peu plus loin le *Sheba* s'était mérité deux étoiles dans le *Definitive Guide to the Bay Area's Best*. Pierres blanches. L'histoire du Petit Poucet se répétait.

Le cuisinier lui servit des *enchiladas* gratinées, enleva son bonnet et vint s'asseoir devant Francœur, les mains sous les fesses.

– Vous avez eu un accident ? demanda-t-il.

– Un incident, répondit Gregory. C'est terminé.

Sa chemise avait séché. Les épices le revigoraient.

– Vous connaissez la nouvelle du jour ? demanda l'homme, vous vous intéressez à l'Éthiopie ?

– Ce serait plutôt l'Éthiopie qui s'intéresse à moi, répliqua Francœur, que voulez-vous dire ?

Le cuisinier étala sur la table le guide des restaurants.

– Nous allons jouer, dit-il, pointant de l'index les étoiles que s'était méritées le *Sheba*, devinez ?

– Deviner quoi ? demanda Francœur.

– Le sens des étoiles. La nouvelle du jour.

– La guerre des étoiles ? proposa Gregory.

– Je vous donne une autre chance... (Le vieux cuisinier s'amusait ferme.)... du côté politique.

– L'étoile de David ! cria Francœur.

– Bravo ! (Le Mexicain se tapait sur les cuisses.) On a confirmé aux informations, ce soir même, qu'Israël depuis deux mois a transporté, clandestinement, par voie du Soudan, douze mille Falashas éthiopiens pour les sauver de la famine !

Gregory pensa qu'Allan Hunger avait de la concurrence, et que le Mexicain verrait s'ouvrir d'autres restaurants : *A l'estomac creux*, *Aux entrailles vides*. Le cuisinier, sentencieux, politisé, heureux d'avoir trouvé un interlocuteur, poursuivait :

– Ce geste d'Israël prouve que Sion s'occupe de ses enfants où qu'ils soient ! Désormais les Éthiopiens de Goré, les rescapés de Budapest, les survivants du ghetto de Varsovie ou les marchands de Marrakech peuvent se serrer les coudes au mur des Lamentations.

Au marché d'Addis-Abeba, Francœur avait connu des Falashas qui descendaient à la capitale vendre des bijoux et des manuscrits en guèze. Certains s'étaient convertis au christianisme ou à l'islam, persuadés d'être la dernière tribu d'Israël sur terre. Juifs noirs de la misère.

– Vous n'êtes pas mexicain ? s'enquit soudain Francœur, trouvant le cuisinier un peu pâle.

– Évidemment pas, répondit celui-ci, je suis né à Bagdad de parents juifs ! Mais ici, pour gagner sa vie, il faut jouer un rôle. C'est celui que j'ai choisi il y a trente-cinq ans ! Quel est le vôtre ?

Francœur comprit que s'il voulait dormir cette nuit-là

il était temps de régler l'addition. La pluie tombait toujours sur l'Apocalypse qui luisait dans la nuit. Il s'installa derrière le volant mais s'assoupit avant même d'avoir tourné la clef de contact.

9.

C'est dans un état de délabrement avancé, se sentant ridicule comme sa voiture, que Francœur choisit de se présenter à dix heures, le samedi matin, chez Allan Hunger. Fuite en avant ? Exaspération ? Choix logique ? Il n'avait pas la tête à le dire. Réveillé rue Telegraph, dans l'Apocalypse, par des éboueurs bruyants, il avait mis la coccinelle en marche et conduit en frissonnant vers le Château des chats. Fiévreux, il s'était accroupi longuement sous la douche puis assoupi à nouveau devant un bol de céréales dans la cuisine. Maritain, qui venait prendre de ses nouvelles, l'avait forcé à se secouer et à ouvrir les yeux.

Gregory s'arrêta à l'adresse qu'il avait trouvée, dans l'annuaire jaune des professeurs de l'université, devant un pavillon de brique rose, rue Joséphine, sur les murs duquel se découpaient des cyprès taillés comme queues de caniches. *French poodles.* Une haute palissade de planches de pin au naturel entourait le jardin et trois bouquets de philodendrons couverts de fleurs roses grosses comme son poing semblaient marquer les limites de la propriété. Un tourniquet nain arrosait maigrement une pelouse de plantes grasses.

Dès que Gregory eut tiré la ficelle attachée à un pic-bois de laiton qui picorait la porte, Allan Hunger apparut en pyjama et robe de chambre de soie, expliquant que la sonnette était muette, mais que l'oiseau accroché au chambranle valait tous les carillons. Il tenait un grand verre de jus d'orange dans sa main droite et ses besicles entre les deux doigts de la main gauche. Cela lui évita de tendre l'une ou l'autre à Francœur qui n'avait pas l'air rassurant. Hunger fixa son interlocuteur de ses petits yeux gris. Gregory se présenta, s'excusant de déranger à cette heure.

– Je vous connais ! Je vous connais plus que vous ne croyez ! lui affirma le professeur, et je suis très heureux de vous rencontrer enfin !

Puis, s'avisant du pansement que Gregory portait haut sur le crâne :

– Que vous est-il arrivé ? Je vous croyais catholique comme le Canada, non ? Vous portez cette calotte pour le jour du sabbat ?

Hunger riait comme ces personnes qui croient que le rire favorise la santé, plus bruyamment que nécessaire, à l'écoute de sa rate dilatée.

– Vous pouvez bien vous moquer ! lui dit Francœur, c'est un accident ridicule. J'ai été agressé hier soir dans People's Park par un musicien paranoïaque.

– Il faut être très prudent, monsieur Francœur, dit Allan Hunger en l'entraînant dans la maison, les nuits en Californie du Nord peuvent être fraîches, et l'on ne sait jamais qui l'on va rencontrer.

Hunger trottina jusqu'à une immense cuisine dominée par un puits de lumière qui arrosait d'un soleil généreux des plantes géantes et quelques orchidées noires voluptueuses. Le café marmonnait à voix basse sur le feu d'une cuisinière en inox, et tous les accessoires, des cuillères aux coussins, semblaient de teinte vermillon. Le coup d'œil était sidérant. Le professeur offrit de lui servir une tasse de Moka-Java qu'il remplit à ras bord et poussa devant son couvert un sucrier blanc rempli de granules rouges. Francœur allait faire, par politesse, une remarque intelligente et anodine sur le sens des couleurs quand Hunger le précéda :

– Je déteste le vermillon, le rouge et le carmin, croyez-moi, monsieur Francœur, dit-il, mais ma seconde épouse Joan en était tellement éprise qu'elle ne pouvait résister à l'achat d'un seul objet dans ces teintes. Cela me coûterait trop cher, maintenant qu'elle m'a quitté, de changer tous ces bibelots absurdes. C'est fou comme les mariages nous laissent des héritages imprévus ! On s'amourache d'un minois et un jour on se retrouve avec une salle à manger de style provincial français, douze chaises, velours et bois doré, souvenir de troisièmes noces ! Vous êtes marié, monsieur Francœur ?

Gregory, surpris de la question, balbutia. Il s'était séparé de Suzanne depuis si peu de temps qu'il avait peine à s'y faire. De toute manière le divorce, quand il serait prononcé, ne lui laisserait aucune collection d'objets colorés ! Il vivait en célibataire depuis quelques semaines et n'était pas très fier de lui. La solitude lui pesait et l'amenait souvent à poser des gestes regrettables. Il y en avait un en particulier qui lui pesait profondément et dont il voulait avouer la faute.

– Vous cherchez un confesseur ? lui demanda Allan Hunger, retirant du bout des doigts un œuf qui se dandinait dans l'eau bouillante, au moment même où le dernier grain tombait dans le sablier.

– Je cherche moins un confesseur qu'un ami, répliqua Gregory, je vous dirai tout à l'heure ce qui m'amène, mais il faut que vous compreniez comment, depuis que je suis arrivé en Californie, les événements malgré moi s'enchaînent et comme les coïncidences qui s'accumulent sont sidérantes.

Puis il raconta, pendant que le professeur cassait consciencieusement la coquille de son œuf mollet, son arrivée à San Francisco, le meublé qu'il avait loué où les *chammas* pendaient aux fenêtres, son installation à l'université, les messages de Janvier. Il buvait à petites gorgées le café noir de sa tasse vermillon, cependant que l'autre sans l'interrompre versait du miel sur son pain beurré. Il en vint à la lettre de la missionnaire, postée depuis Addis-Abeba où il avait vécu, au téléphone de Mary Ann Wong, à ses efforts pour le prévenir du rendez-vous qu'il avait fixé à la représentante des Adventistes du Septième Jour. Gregory ne voulait pas tant justifier ses gestes que s'interroger sur leur sens. Il avait l'impression de s'avancer dans une forêt de signes, comme un automate. Il entendait une voix qui lui rappelait sans cesse l'Éthiopie. Était-ce une fixation, de la sorcellerie, l'effet du pur hasard ? Il s'était dans cette histoire substitué au professeur et ne voulait plus continuer. Il avait peur, et se devait de l'avouer.

– Cette aventure m'empêche de mener à bien mon travail, ajouta-t-il, et Terounech reste votre responsabilité. Vous n'avez pas fait venir cette jeune femme d'Addis-Abeba à San Francisco pour mes beaux yeux !

– J'apprécie beaucoup votre honnêteté, fit Allan Hunger en déposant enfin son couteau sur un napperon couleur groseille, et je dois dire que je n'en attendais pas moins de vous.

Francœur fut affolé. Qu'est-ce qu'on attendait de lui soudain ? L'avait-on manipulé ou s'était-il jeté de lui-même dans une cage ? Il n'était pas question de continuer.

– Je ne vous comprends pas, dit-il au vieux professeur.

Celui-ci le regarda avec un sourire et répéta « il nous fallait votre aide ». Francœur restait bouche bée.

– Évidemment nous ne pouvions pas vous demander de vous joindre à nous. Mais ce que nous savions de votre passé politique nous donnait à croire que nous avions des intérêts communs. (Hunger s'essuya la bouche.) On ne recrute pas nos militants à l'aide de petites annonces dans les journaux ! C'est pourquoi nous sommes très heureux de toutes ces coïncidences et des initiatives que vous avez prises.

– Ça ne va pas du tout ! répliqua Francœur furieux, au nom de qui parlez-vous ? Il y a confusion. C'est un quiproquo : vous ne me connaissez pas vraiment. Je n'ai aucune intention de me joindre à qui que ce soit ! Dans quel piège m'avez-vous attiré ? Je suis venu ce matin vous prier d'aller chercher votre Éthiopienne demain à l'aéroport. Ce serait indécent qu'elle ne soit pas attendue. Mais ne comptez pas sur moi. Est-ce vous qui m'avez désigné pour transporter les clandestins l'autre nuit ?

– Pas vraiment, dit Hunger, mais je dois dire que vous avez accompli cette tâche comme un contrebandier professionnel !

– Mais vous n'avez pas le droit !

Gregory Francœur était outré que l'on joue avec sa vie, de cette manière, à son âge ! Que l'on profite de sa solitude et de sa naïveté à ce point ! Quelle était cette histoire ?

– Cher monsieur Francœur, dit Hunger, vous oubliez les signes. Ce n'est pas nous qui avons placé des *chammas* à vos fenêtres. Vous vous êtes, de vous-même, nommé mon assistant après avoir lu *mon* courrier ! Vous oubliez aussi que vous avez si bien joué votre rôle que Mary Ann Wong vous a cru. Nous ne vous avons aucunement manipulé, croyez-moi, nous nous sommes contentés de ne pas poser d'obstacles sur votre parcours. Nous sommes en guerre, monsieur Francœur, et en période de conflit nous nous appuyons sur nos alliés naturels.

Francœur se leva d'un bond. Il était sidéré. Électrocuté. Venu en Californie diriger une enquête sur le bonheur, il se retrouvait quelques jours plus tard dans un maquis politique, plongé dans ses souvenirs et précipité vers l'avenir tout à la fois. Il décida de prendre congé, il lui fallait s'isoler, réfléchir, aller marcher au bord de la mer peut-être, mais surtout reprendre l'initiative de sa vie. Hunger, lui tenant le bras, le força à se rasseoir.

– Je vais vous raconter une histoire, Gregory, et seulement quand j'aurai terminé vous aurez la permission de vous en aller, dit-il avec autorité.

Le Québécois rougit, moitié honteux, moitié de colère. Il était dans le ton des couverts. Il s'était lui-même fourvoyé et la curiosité le poussait à rester. Dans le jardin un chien à la voix grave aboya pesamment. Hunger alla le faire taire. Quand il revint, Francœur s'était repris en main.

– Vous savez, dit-il au professeur, qu'Addis-Abeba est une ville de chiens ? Comme Rome est une ville de chats et Pékin une cité d'oiseaux ? Toutes les semaines, l'empereur recevait au Ghébi les diplomates étrangers. La nuit venue, des milliers de chiens, qui avaient promené tout le jour leurs flancs maigres dans des ruelles boueuses, venaient disputer aux hyènes les restes des banquets. Les salles sombres du palais s'emplissaient alors de leurs cris assourdis par d'énormes tapisseries rouges brodées d'or.

Allan Hunger remarqua que Joan aurait apprécié la poésie de ces couleurs puis se dirigea vers le salon où il déposa sur la platine de l'électrophone un disque pop bruyant comme un départ de fusée. Puis il fit signe à Francœur de le suivre et le précéda au grenier dont les murs étaient garnis de cônes métalliques. La voûte parut à Gregory vaste et le lieu vide. Hunger approcha deux sièges appuyés au fond, qu'il installa face à face, puis des tiroirs d'une commode victorienne il extirpa écouteurs, micros, fils et deux casques d'astronaute qu'ils revêtirent. Chacun dans sa bulle de plastique miroitante, à l'abri du fond musical assourdissant, ils pouvaient ainsi communiquer sans que personne les entende grâce à la technologie japonaise. *One, two.* Assis sur son tabouret, drapé dans sa robe de chambre en paisley, la tête enfoncée dans un scaphandre électronique, Allan Hunger ressemblait à un extraterrestre. Gregory, légèrement penché en avant pour mieux voir, évoquait pour sa part un insecte géant.

– Vous m'entendez ? demanda Hunger.

– Comme au téléphone, répondit Gregory.

– Je m'excuse du cirque, enchaîna le professeur, mais j'ai été si souvent placé sur écoute que j'exagère sans doute les précautions. Nous avons évidemment l'air ridicule, mais personne ne le sait, sauf vous et moi. Je vous demande aussi de garder pour vous ce que je vais vous raconter.

Depuis trente ans Allan Hunger défiait les lois du pays au nom de celles du cœur. Comme un bébé attrape toutes les maladies contagieuses, il avait été de tous les mouvements de gauche. C'était une tradition dans la famille : son père avait été accusé de menées subversives, avec d'autres travailleurs d'Hollywood, par le sénateur aux sorcières. Sur les campus, il travailla dans les salles de rédaction des journaux d'étudiants. *Free Speech*. Puis ce fut le Vietnam, les manifestations bruyantes, les groupuscules.

« Il me cita des noms et des champs de bataille dont certains sont depuis devenus célèbres. Mais ce fut à Berkeley, il n'oublierait jamais, qu'il affronta pour la première fois les troupes déchaînées de l'ordre établi. Allan Hunger, à mesure qu'il racontait, projetait devant moi les bobines inédites d'un film d'écorché vif. Du coup je me trouvais au cœur de la vie des USA tout aussi intensément qu'en salle noire dans un siège de cinéma.

» – Nous n'étions, me raconta le professeur, ni des gangsters ni des voyous, et pourtant nos vis-à-vis, au gouvernement, avec leurs jeeps, leurs walkies-talkies, leurs boucliers et leurs armes, perdirent le sens des proportions. Au fond je crois que seuls les étudiants avaient une foi intense en la démocratie !

» Pendant que Hunger parlait, je ne pouvais m'empêcher d'admirer. Ces Américains, de droite ou de gauche, qui sont persuadés d'habiter le haut lieu de la liberté, dont ils trouvent le sens dans la Constitution, et dont ils se croient dépositaires, s'affrontent partout avec une énergie et une jeunesse qui me sidéreront toujours.

» – Tout s'envenima en quelques jours, me raconta Hunger, chaque manifestation attirait, comme un incendie, de plus en plus de curieux et de caméras. On s'affrontait pour l'image. Les forts en gueule devenaient des vedettes et réussissaient toujours à se faufiler au premier rang. Libertaires et communistes étaient au coude à coude. Des solidarités inattendues naissaient. Puis, soudainement, tout le mouvement de contestation s'est écroulé. La stratégie policière avait été efficace et perverse : des bourses et des postes importants offerts aux plus ambitieux, des poignées de comprimés de LSD aux plus anxieux.

» – Comment ont-ils pu acheter les leaders sans qu'ils soient lynchés ? demandai-je.

» J'oubliais que nous étions dans un grand pays. Hunger m'expliqua qu'on leur avait offert des jobs dans l'Est, dans d'autres universités célèbres, plus calmes, où ils se firent oublier. Les activistes laissés à eux-mêmes transformèrent la lutte en fête de la drogue que le FBI n'eut plus qu'à nourrir pour mieux la déman-teler.

» Avait-il une larme à l'œil, me racontant sa vie, ou était-ce un reflet dans son casque d'astronaute ? Sa voix était triste. Je ne disais mot, le laissant se souvenir. Il avait refusé les honneurs et l'acide, m'expliqua-t-il, et c'est à cette époque qu'avec des amis il pensa élaborer un autre scénario.

» – Nous nous sommes retirés des groupes militants comme si la politique ne nous intéressait plus, dit Hun-ger, mais un an plus tard nous nous étions donné les moyens d'agir de façon efficace, sans violence, de manière clandestine. Nous avions compris qu'il était absurde de vouloir nous battre contre le complexe mili-taro-industriel avec des pancartes et des défilés. Voilà !

» – Et aujourd'hui ?

» – Je coordonne l'accueil aux réfugiés politiques. Pour l'Amérique latine, je travaille en collaboration avec les Églises, parce qu'elles peuvent mieux que d'autres se concilier l'opinion publique. C'est une énorme entreprise. Mais j'ai des projets plus person-nels.

» – Terounech fait partie de ceux-là ?

» – Oui. Elle aura comme responsabilité les illégaux africains. C'est plus difficile parce que nous n'avons pas de frontière et qu'ils ne vont pas ramer jusqu'à nos côtes ! Mais nous trouverons. Les aéroports sont des passoires. On peut faire un détour par le Canada. Utiliser la famine pour toucher les cœurs. Il faut se servir de son imagination.

» – Qu'est-ce que vous cherchez ? lui demandai-je.

» – Si Washington joue les gendarmes dans le monde, mon devoir est d'ouvrir le pays aux immigrants que l'on refoule. Vous avez peut-être remarqué, à l'écran de la télévision, qu'il y a ici des reporters de toutes les races ? Nos ennemis commanditent les émissions et croient tout contrôler. Nous, nous agissons sur les informateurs. Chaque fois qu'un poste s'ouvre, nous plaçons dans les salles de rédaction des candidats que nous avons recrutés. Pour contrer le mensonge. Ce sont des amis que nous avons choisis un peu partout sur la planète. Je suis pour la suppression des frontières.

» – Terounech va devenir une vedette de l'information télévisée ?

» – Elle va surtout pratiquer un métier qui lui permettra de voyager. Nous n'en ferons pas une speakerine, mais une journaliste. Elle parle parfaitement l'anglais. Elle a le talent nécessaire. Le reste, c'est une question de culture et de code. Vous allez nous aider ?

» – Qu'est-ce que je pourrais faire ?

» – Il y aura bientôt une ouverture dans une station de Los Angeles qui diffuse ici par câble. Vous étudierez le style de la maison. Vous verrez comment se comportent les journalistes. Puis vous enseignerez à Terounech la manière. Vous avez quatre mois. Vous devenez son tuteur.

» *Je reprenais du service pour le négus !* Terounech

me tombait du ciel. C'est Son Altesse Sérénissime Hailé Sélassié qui aurait été ravie ! Elle qui avait tant investi dans l'éducation des pâtres et des bergères ! Qui leur avait fait apprendre les langues étrangères ! Qui avait eu une gouvernante française et séjourné à Londres ! Qui avait parcouru le monde !

» – Si vous acceptez d'aller chercher notre pupille à l'aéroport demain soir, ajouta Hunger, vous me rendrez un fier service. J'ai un meeting lundi matin à Hollywood et je ne puis être partout à la fois.

» – J'irai, dis-je sans hésiter, je veux vous aider. Mais puis-je vous poser une dernière question ? Pratique. Parce que j'ai déjà (dans ma jeunesse) organisé des mouvements.

» – Vous vous inquiétez de nos finances ?

» – Et des autres collaborateurs. Qui sont-ils ?

» Il me répondit que le réseau comptait un peu moins de cent vingt complices, qu'il était le seul à les connaître tous. L'un d'eux, de Stanford, avait mis au point une rançon électronique perçue directement sur le trésor de certaines sociétés. Une merveille de détournement de fonds par ordinateur. Il récoltait à l'achat et à la vente un infime pourcentage de toutes les transactions boursières. Ni vu ni connu. Allan Hunger, dans son scaphandre de nylon, se révélait un Américain selon mon cœur, preux chevalier, shérif sans peur et sans reproche, superman dévoué, héros des bandes dessinées de mon enfance. Ne m'étais-je pas moi-même, dans le courant national, pris pour un justicier ? Parmi les films d'Hollywood qui m'émouvaient toujours, il y avait ce scénario en noir et blanc d'un rédacteur en chef partant en guerre, dans une petite ville, contre la mairie corrompue. Une intrigue signée du père d'Allan Hunger, certainement. Le film commençait par le plan d'une pierre lancée dans la vitre du quotidien : l'on pouvait ainsi lire le nom du journal. Mais le maire gangster cette fois-ci était allé trop loin ! Les petits se battraient et le dénonceraient. Le directeur du journal convoquait les reporters. Parmi eux Humphrey Bogart, ou James Stewart, ou Terounech...

» – Vous serez désormais peut-être épié, ajouta le professeur, donc tout ce que vous ferez devra être parfaitement et strictement légal. Vous deviendrez un citoyen modèle que ni les policiers, ni l'impôt, ni les services de l'Immigration ne pourront coincer. Votre feuille de route doit être impeccable. Ils sont à mes trousses depuis des années et n'ont pas encore réussi à m'épingler. Pour en savoir plus long, ils devront me torturer ! Ils n'ont pas, à ce jour, osé le faire. »

Il avait, en prononçant ces derniers mots, arraché son casque, enlevé ses écouteurs, débranché son micro et se passait nerveusement la main dans les cheveux mouillés aplatis sur son front. Il sourit. Francœur l'imita, sortant à son tour la tête de son aquarium. Le rock vibrant lui remplit les oreilles.

– Je me fais vieux, cria Hunger en descendant l'escalier, et cette musique m'exaspère de plus en plus.

– Croyez-vous, lança Gregory à la blague, que les policiers qui vous épient aiment le *heavy metal* ?

Hunger prit la question au sérieux. A moins qu'il n'ait eu un sens de l'humour qui échappât à Gregory.

– Ils ont trente ans. C'est bien possible en effet ! Vous croyez, demanda-t-il, que je devrais utiliser l'opéra ?

– Non. Au contraire. Marshall McLuhan soutenait que le rock tiers-mondiserait la jeunesse. Vous leur ouvrez l'esprit sur l'univers avec pareille musique tribale !

– C'est bien possible, fit Hunger avec une moue enjouée.

Puis il éteignit l'électrophone. Le silence les assomma. Quand le bruit de la rue revint, ils se regardaient comme coqs en pâte. Francœur tenta de provoquer le professeur avec une théorie sur la musique et les communications modernes, mais les joies de la raison raisonnante ne disaient rien à Hunger. Les Californiens ne sont pas très enclins à s'affronter dans des discussions d'idées. Ils préfèrent ne pas contredire leurs invités. Politesse du Pacifique.

Gregory prit congé, dans la cuisine rouge, après être convenu d'une rencontre à trois dans les jours qui venaient. Il était arrivé devant le bungalow tête basse et l'air coupable, il remontait dans l'Apocalypse avec une mission ! Il lui faudrait réfléchir aux objectifs du professeur, mais il savait qu'enfin il voguait sur la crête des vagues, pour le plus grand bien de l'humanité. Suzanne aurait été fière de lui.

« Je ne me souviens pas bien de ce que j'ai fait ce samedi-là, dans l'après-midi. Un tour aux puces, certainement, car je cherchais un cadeau original pour Terounech, mais la brocante n'avait aucun intérêt. Et quel bijou offrir qui soit digne d'une princesse éthiopienne ? Peut-être suis-je, par la suite, allé me promener du côté du jardin botanique, où l'on affirme avoir vu ma voiture, mais cela n'était certainement pas pour préparer mon "crime", comme le suggère l'accusation. Puis j'ai roulé quelques heures dans les collines derrière la ville, pour reprendre mes esprits et me composer une attitude. J'étais passé, soudain, du rêve à la réalité. Allais-je abandonner mes recherches et renoncer à la bourse d'études pour devenir le maître en communications d'une jeune femme africaine que je ne connaissais pas ? Pouvais-je assumer les deux tâches à la fois ? J'envisageai d'entreprendre mon enquête en dépouillant les sondages de motivations déjà effectués depuis deux ans en Californie du Sud et dans l'Illinois. Cela ne serait pas inutile et je serais ainsi plus libre de mon temps avec Terounech.

» Le soir s'amena. J'ai erré une petite heure, poussant mon chariot nickelé, dans les allées du *Park 'n Shop* de la rue Derby, pas très loin du parc municipal. Je voulais offrir un banquet à notre déléguée du tiers monde, mais toute cette nourriture à l'étalage me soulevait le cœur. Dans une vie antérieure, c'est Suzanne qui faisait les courses. Je m'étais spécialisé dans le ménage. J'achetai tout de même, pour les chats de la maison, quelques conserves nouvelles. L'événement méritait d'être souligné ! Pour nous : du champagne, des viandes épicées, des fruits.

» Avant de rentrer au Château, j'allai frapper chez Maritain. Il jouait aux cartes avec des amis qui m'invitèrent à me joindre à eux. Dans la cuisine, pendant qu'il rangeait mes sacs au réfrigérateur, je lui annonçai que j'attendais une amie (venue de loin) qui habiterait avec moi désormais. Il dit qu'il ne voyait là aucune difficulté, qu'il me comprenait. Il songeait lui aussi à se mettre en ménage ! Je ne pouvais le détromper et perdis cinquante dollars au black jack avant de les quitter.

» Cette nuit-là, Lucifer dormit à mes côtés. Au matin il y avait trois gouttes de sang sur l'oreiller. Je n'y fis pas attention, n'étant pas superstitieux. J'appelle un chat un chat, comme on dit en américain. »

10.

Dans le passage éclairé qui menait du garage à l'embarcadère, à l'aéroport international de San Francisco, étaient étalées différentes œuvres d'art empruntées à des collections particulières pour une exposition sur le thème du transport à travers les âges. De la locomotive au canot d'écorce. L'objet le plus étonnant était une voiture automobile de modèle 1950 réalisée en céramique, de couleur rose bonbon et bleu poudre, grosse comme un cochon de lait. Appétissante. Francœur y revint dix fois, après l'avoir choisie parmi les douzaines d'œuvres mises en scène dans des cages vitrées tout le long du trottoir mécanique. Il dévorait le modèle réduit des yeux, sa forme généreuse et molle aux teintes délicieuses lui rappelant une tirelire de son enfance. Chaque fois que sa mère gagnait un tournoi il s'enrichissait d'un dollar. Son père lui faisait don de la même somme d'argent lorsqu'il réussissait le grand jeu : une encyclopédie Larousse et une bibliothèque en prime dans une famille d'illettrés. Georges-Henri soutenait que ces gens, par osmose, acquerraient l'instruction dont ils étaient dépourvus. De toute manière il y avait les illustrations. N'avait-il pas découvert le monde en feuilletant le dictionnaire ? Mais plus personne n'était là pour remplir son cochonnet. Vieillirait-il jamais ?

Gregory attendait patiemment que l'avion de la Pan American daigne arriver de New York. Il y avait eu d'abord un retard annoncé de trente minutes. Puis d'une heure trente : une tempête d'hiver, lui expliqua un superviseur, balayait le centre des États-Unis. Pour bien faire, il aurait fallu que l'aéronef passât par le Mexique, mais le pilote avait préféré affronter l'œil du cyclone. Francœur lui-même avait sérieusement sommeil quand l'écran cathodique annonça enfin l'atterrissage. Il ne lui restait plus qu'à reconnaître Terounech dans la foule des passagers.

Il avait pensé à se fabriquer une affichette, comme les chasseurs d'hôtel, et la tenait au-dessus de sa tête pour se faire repérer. Portant des vêtements sport, les pieds dans de vieux souliers de tennis, Gregory avait l'allure d'un missionnaire à la retraite attendant une congrégation de dames patronnesses. Mais *elle*, de quoi aurait-elle l'air ? D'une bonniche écrasée ? D'une puissante mammitée ? D'une élégante jeune fille habituée aux salons de thé ? *Tchaï. Bikieri. Kebe.* Des mots lui remontaient à la mémoire, qu'il avait utilisés tous les jours pendant des années, puis rangés aux oubliettes. Appartenait-elle à la tribu des Amharas qui ont toujours fière allure, nez aquilin, cheveux souples, traits caucasiens teints d'un brun doux ? Ou était-elle noire et trapue comme les femmes gallas ? D'une lignée de reines ou d'une tradition d'esclaves ? Il se rappelait les petites filles timides et nerveuses qui avaient l'habitude de se tenir au fond de la classe à l'université d'Addis-Abeba, enveloppées dans leurs *chammas* comme des fruits mûrs. Une seule étudiante, souriant de toute sa face de lune, osait parfois le regarder en face. L'avait-elle désiré ? Était-elle insolente ? Comment reconnaître le mépris sur un visage étranger ?

Près du tiers de l'avion s'était vidé et Francœur cherchait toujours en vain Terounech des yeux. Il se demanda si les pasteurs protestants qui l'avaient hébergée avaient tenté de la convertir au christianisme. Insidieux. Ou bien, elle pouvait appartenir à la grande culture copte d'Alexandrie ? Passerait-elle la porte en costume traditionnel ?

« Des idées plus folles les unes que les autres me traversaient le crâne. Plutôt que de tenir comme un zouave mon enseigne à bout de bras, n'aurais-je pas dû m'amener, pensais-je, avec dans chaque main une paire de testicules ? Car c'est ainsi que chez les Dankali on fait une demande en mariage ! Certains guerriers vont même chercher ce gage, quand il se fait rare, jusque dans le ventre d'une femme enceinte. Loto bébé. Pratique cruelle, née du désert, où, dans une économie du brin d'herbe rare et de terre sulfureuse, tout mâle qui veut procréer doit d'abord équilibrer le budget des vivants et des morts. J'aurais ouvert mes paumes et présenté les organes desséchés de quelques chasseurs blancs perdus, éventrés au soleil, que j'aurais délicatement offerts à ma princesse venue des hauts plateaux. Ensuite nous serions partis en voyage de noces aux sources du Nil. »

Ce n'était évidemment pas le genre de la maison. Les voyageurs du Boeing, serviette de crocodile à la main, imper militaire jeté sur l'épaule, chapeau mou relevé sur le crâne, conservaient leurs précieux bijoux dans des caleçons de soie. *Of course.* Et Gregory, préoccupé de lui-même, n'avait apporté à l'aéroport ni couilles sèches, ni fruits juteux, ni fleurs odoriférantes, ni chocolats crémeux. Il en était honteux et, plus Terounech tardait, plus il se sentait coupable d'incivilité.

De l'autre côté, si l'Éthiopienne n'arrivait pas, c'est qu'elle n'avait tout simplement pas bougé de son fauteuil. Elle se sentait peu pressée, pendant que les autres passagers se bousculaient pour vider les bennes et attraper leurs bagages au-dessus de sa tête, de se précipiter dans l'inconnu. Terounech, encore tout ensommeillée par le long trajet qui l'avait menée d'Éthiopie en Californie, s'était refusée, jusqu'à cet instant, à seulement penser à ce qui l'attendait chez Allan Hunger.

Pendant l'escale, à New York, une représentante des missionnaires était venue gentiment à sa rencontre à l'aéroport John-Kennedy. En bavardant elle avait appris qu'un mouvement pacifiste avait défrayé son voyage et que le travail de dame de compagnie n'était qu'un pieux mensonge. Terounech, sur le coup, avait été profondément déçue. Elle s'était faite à l'idée de passer ses jours à pousser la chaise d'une infirme sur une promenade ensoleillée le long de l'océan... N'avait-elle pas suffisamment servi la révolution ? Ne pouvait-on la laisser respirer ? La missionnaire n'avait pu lui dire si Allan Hunger espérait lui confier de nouvelles activités politiques. Terounech rêvait de silence et de solitude. Elle ferma les yeux. Une hôtesse de l'air vint lui demander si elle était souffrante. Il n'y avait plus de passagers dans l'avion.

– Vous êtes arrivée à San Francisco, insista l'employée, on vous attend ?

Terounech sourit et acquiesça en silence. Elle emprunta avec nervosité le long couloir vide qui s'offrait entre les banquettes dont les dossiers pointaient dans toutes les directions. Elle portait un tailleur écru, les cheveux courts, des boucles d'oreilles en or du pays. Le colonel Gebre Mariam, dont elle avait été pendant quelques mois la maîtresse, l'avait surnommée « le guépard ». Les révolutionnaires, comme les scouts, croient aux totems. Elle chassa le militaire de ses pensées et, se sentant plus légère, décida qu'elle traverserait le boyau reliant l'avion à la salle d'arrivée comme un nouveau-né fait son chemin dans le col de l'utérus. C'est ainsi que Gregory vit naître sous ses yeux, au moment où il allait désespérer, une image de force et de détresse tout à la fois : Terounech s'agitait dans une nouvelle vie.

– Monsieur Allan Hunger je crois ? demanda l'Éthiopienne.

Elle se dirigea vers lui : seul dans la salle d'attente, sa petite affiche à la main, Gregory était presque paralysé.

« J'avais certainement l'air d'un demeuré, la bouche ouverte, les yeux fixes, la tête un peu inclinée, ébloui par son arrivée. Avant même de lui tendre la main, je me penchai pour la saluer aussi bas que mon corps acceptait de se plier. Belle pomme d'or, je fais ma révérence ! Puis, comme par miracle, je retrouvai la litanie inépuisable des salutations amhariques :

» – Terounech ? *Ichy. Denasteling* Terounech ! *Denasteling guétouch ! Dana no ? Dana no ?...*

» Elle me rendit mon salut avec grâce, un sourire étonné sur ses lèvres charnues et comme taillées au rasoir. C'est elle qui interrompit le rituel.

» – Je suis touchée, monsieur Hunger, dit-elle, mais vous ne trouvez pas que ces simagrées ont assez duré ? Je n'ai pas quitté Addis-Abeba hier pour me retrouver dans un salon du Ghébi ! L'empereur est mort, Dieu ait son âme. La révolution nous a toutes affranchies, princesses ou paysannes, et puis je croyais être arrivée à San Francisco ? Alors !

» Sa voix était chaude. Son débit un peu rapide, mais cela pourrait facilement se corriger. Son accent britannique ajoutait une dimension théâtrale à laquelle il me faudrait réfléchir. Je pensais à toutes ces choses automatiquement, comme je m'emparai de son sac. Puis je repris mes esprits.

» – Je regrette d'avoir à vous décevoir, lui dis-je, mais le professeur Hunger avait des affaires pressantes qui l'ont mandé à Los Angeles. Il m'a demandé de vous recevoir à sa place et de m'occuper de votre installation parce que j'ai séjourné autrefois dans votre pays. Je me nomme Gregory Francœur.

» Je lui tendis la main qu'elle tint dans la sienne pendant qu'elle me questionnait.

» – Francœur, dit-elle, ce n'est pas très américain ça, non ?

» – Vous avez raison, répondis-je, comme vous j'arrive aussi en Californie. Je suis attaché à l'université pour un projet de recherches. J'habite Montréal, je suis d'origine québécoise.

» – Ah ! dit-elle dans un français chantant, vous êtes canadien ?

» – Si vous voulez.

» – Vous ne seriez pas jésuite par hasard ? ajouta-t-elle en reculant un peu les épaules.

» – Pas du tout, répondis-je, vous êtes catholique ?

» – Musulmane, dit Terounech comme si cela allait de soi, mais on m'a souvent parlé des jésuites canadiens qui dirigeaient autrefois l'université d'Addis-Abeba.

» – Il n'y avait pas que des jésuites !

» – On disait qu'il était très difficile de distinguer les

jésuites des autres Canadiens. Ils ne portaient pas la soutane et buvaient comme des laïcs.

» – Vous avez raison, lui dis-je, le négus les préférait en civil pour éviter les querelles religieuses. Il était très astucieux.

» – Vous avez connu l'empereur mieux que moi ! dit Terounech. »

Ils se dirigèrent tout en parlant vers la consigne. La jeune femme était heureuse d'avoir à ses côtés un ami du pays. Gregory se sentait une responsabilité de famille. L'enfant était né en douceur et faisait déjà ses premiers pas. Terounech fit une remarque sur le luxe de l'aérogare.

– J'ai vécu toute mon enfance dans une grande maison près de la place Saint-Georges, dit-elle, deux étages blancs, un toit de tôle qui chantait à la saison des pluies, une grande galerie en bois, entourée d'eucalyptus...

– Vous retrouverez des eucalyptus ici, s'empressa de dire Francœur, puis il demanda : Que faisait votre père ?

– Le mari de ma mère était soldat. Officier de la garde. Il a été tué dans une escarmouche à la frontière somalienne. Ma mère était enceinte de moi. Il était beaucoup plus âgé qu'elle. Je n'ai pas même une photo de lui. C'est comme s'il n'avait jamais existé.

Cependant qu'ils étaient à fouiller l'album de famille, les valises transportées dans l'abdomen du 747 avaient commencé à défiler comme des canards sur la courroie sans fin du convoyeur. Terounech indiqua un sac de cuir que Francœur attrapa. Suivait une malle métallisée qu'elle avait fait fabriquer au Mercato avant de partir. La boîte pesait une tonne et Francœur se donna un vilain tour de reins en la soulevant.

– Je ne suis plus jeune ! dit-il avec un sourire forcé.

Puis il alla louer un chariot et la précéda en boitillant vers le parking où dormait la coccinelle. Terounech lui paraissait maîtresse d'elle-même, Hunger avait eu raison. Il se surprit à admirer d'avance ce qu'il ferait d'elle.

– Je suis très heureux que l'on m'ait confié la tâche de venir vous chercher, lui dit-il.

– Vous êtes gentil, monsieur Francœur, mais sachez que je suis morte de fatigue et de frayeur.

Elle s'arrêta devant la porte du garage, le forçant à se retourner :

– Vous savez ce que l'on attend de moi ? demanda-t-elle, les yeux graves.

– Rien que vous ne pourriez réussir, je vous le promets. Mais je pense que c'est au professeur Hunger de vous expliquer ses plans. Vous le verrez plus tard, cette semaine sûrement. En attendant on vous inscrira à l'université.

Il sentit que Terounech se laissait flotter soudain et le suivait comme une bouée de sauvetage. Il lui présenta l'Apocalypse et s'excusa de l'extrême délabrement de la voiture.

– Mais c'est une automobile historique ! Vous ne savez pas ?

Terounech lui rappela que, même s'il possédait douze Rolls Royce, le négus avait été conduit de son palais à la prison en compagnie de ses chiens pékinois par un officier subalterne dans une coccinelle d'occasion.

Amusé, Gregory coinça la malle sur le siège arrière et fourra les deux sacs de cuir sous le capot.

– Vous verrez, Allan Hunger est un patron sympathique, lui dit-il en tournant la clef de contact.

Puis il lança un « *Welcome to California !* » qui aurait

fait rougir de joie tout président de la Chambre de commerce. La voiture se mit en marche et ils s'avancèrent vers le guichet où Gregory paya la place louée. Terounech se taisait, le menton immobile posé sur sa main effilée, les genoux relevés sous sa jupe de toile. Elle avait cherché un vêtement qui lui permît de passer inaperçue et trouvé ce tailleur chez la couturière arménienne qui habillait sa mère autrefois. Oublier la misère. Ne plus penser. Se laisser conduire. Changer de plans. Qui était ce Francœur, pas très beau, un peu dégingandé, inquiet de chaque geste qu'il posait et qui la regardait par en dessous comme les *farenghis*, les étrangers du café Ménélik lorsqu'elle venait y prendre une glace avec ses amies ?

« Je me tus et laissai l'Éthiopienne à ses pensées. J'empruntai la bretelle qui nous mena à la route 101, direction nord, et glissai l'Apocalypse dans le flot ininterrompu des véhicules qui roulaient comme globules rouges et blancs, quittant parfois l'artère principale pour une veine qui menait vers les banlieues de San Francisco.

» Devant nous la cité se découpait sur le ciel de nuit, vaporeuse, lumineuse, enveloppée de grands bancs de brume venus de l'océan s'échouer sur les collines. Terounech fermait de temps à autre les yeux, plus aveuglée par la fatigue du voyage que par les phares des voitures que nous croisions. Je la vis frissonner. Je me permis de lui raconter mon retour d'Afrique, vers l'Europe, et notre arrivée à bord du *Jean Laborde* aux quais de Marseille. Suzanne et moi avions été tellement effrayés par le tintamarre et l'activité du port que nous

nous étions littéralement cachés au fond du taxi, comme des animaux sauvages menacés.

» – Et puis il faut ajouter que l'on croit quitter l'Afrique, mais au fond elle ne vous quitte jamais, ni ses lumières, ni ses bruits, ni ses odeurs. Ne luttez pas.

» – J'apprécie votre sollicitude, monsieur Francœur, dit lentement Terounech, et votre anecdote marseillaise contient deux messages ; l'un : vous êtes marié ; l'autre : vous croyez pouvoir vous mettre dans mes souliers et me comprendre. Je vous répondrai sur le même plan : j'ai été fiancée, et vous ne saurez *jamais* vous glisser dans ma peau. Vous avez vos cartes postales, j'ai mes cauchemars. »

Gregory ne répliqua pas. Ils roulèrent en silence, au son monocorde des pneus sur l'asphalte strié. Terounech regardait droit devant elle. Des limousines rutilantes les dépassaient qu'elle ne voyait même pas. Sa colère apaisée elle ajouta :

– J'arrive d'un pays que vous avez connu naguère, mais qui n'existe plus. Je n'ai pas l'intention ce soir de vous raconter les aventures de Lénine au pays de Saba. Mais, croyez-moi, il en coûte cher au peuple pour satisfaire aux mythes du XXe siècle.

Dans son cerveau se précipitaient des fantômes qu'elle ne voulait plus revoir, des amis morts écartelés, des carnages inutiles.

– Au fond pour quelle raison avez-vous accepté de venir en Californie ? lui demanda-t-il soudain.

– Je ne sais pas. Pour mes enfants peut-être ? répondit l'Éthiopienne.

Puis elle ajouta, impatiente :

– Sommes-nous encore loin de l'hôtel ? Parce que je

dois dire que toutes mes horloges sont en délire. J'ai traversé onze fuseaux horaires pour arriver ici. Je suis même plus jeune, si j'en crois la théorie, que quand je suis partie !

Les lumières scintillaient dans le corridor de béton menant de la ville au long pont qui traverse la baie. Terounech remarqua que l'on dépensait plus d'électricité pour illuminer la nuit de San Francisco que dans toute une année pour toute l'Éthiopie.

– A quoi bon vous indigner ? dit Gregory, personne ne vous écoutera.

– Je ne m'indigne pas, répliqua la jeune femme, je constate et je m'étonne. Je demande où est la justice dans tout cela. Pourquoi suis-je née en Afrique et vous en Amérique comme ces millions d'êtres humains ? Pourquoi, de naissance, comme les enfants de l'empereur, ont-ils toutes ces richesses ?

– Ici, vous avez raison, on a l'avenir dans son assiette comme un morceau de gâteau à la crème. Vous ne voulez rien manger ?

– Je veux dormir jusqu'à ce que mes muscles n'en puissent plus de la position couchée !

– Nous arrivons dans dix minutes, expliqua Gregory. Nous prenons la prochaine sortie. Vous habiterez chez moi au début. Par la suite on verra ce que vous choisirez.

Lucifer était assis au salon quand Terounech est entrée au Château, précédée de Gregory. Il les suivit dans l'escalier jusqu'à la chambre que Francœur avait aménagée pour son invitée, et où Gregory déposa, essoufflé, les sacs et la malle. Le chat vint se frotter aux mollets de l'Éthiopienne comme un enfant affectueux et se glissa sous le lit. Terounech pria son hôte de laisser la bête dormir avec elle.

– Tous les chats du monde ont un ancêtre éthiopien, dit-elle, il retrouve peut-être à mon odeur un souvenir de l'Abyssinie lointaine !

Francœur lui souhaita bonne nuit et s'en fut dans la cuisine réfléchir et casser la croûte. Tout nous sépare, pensa-t-il, la race, l'âge, la culture, la religion, la langue, et pourtant nous voilà réunis en terre promise ! Il prit la bouteille de champagne qu'il avait laissée au réfrigérateur et la déboucha avec précaution. Pendant qu'il avalait, solitaire, des bulles à petites gorgées, Terounech dormait déjà à poings fermés, écoutant dans son sommeil profond la voix lointaine de sa mammitée qui lui racontait, comme lorsqu'elle était enfant, l'histoire de la famille impériale. Au temps d'Addis.

En ce temps-là, la terre était toute petite et aplatie comme une galette d'ingéra. Balkis, la reine de Saba, régnait sur le royaume d'Axoum et tout le Sud de la péninsule Arabique. Elle était heureuse, jeune, et avide de tout savoir. Quand, à travers les mers, les forêts et les déserts, la réputation du roi Salomon parvint jusqu'à elle, Balkis désira immédiatement le rencontrer. On disait qu'il était juste, riche, puissant et généreux. Salomon n'adorait qu'un Dieu.

Alors la souveraine décida de quitter son pays et de se rendre à Jérusalem à la tête d'une caravane dont les chevaux et les chameaux furent chargés de présents somptueux : aromates puissants, bijoux faits d'or et d'argent, ivoires polis, animaux rares, dont deux couples de singes gueuriza qui se pavanaient avec leur cape noir et blanc dans de grandes cages de bambou.

A cette époque, le souverain d'Israël était au sommet de sa gloire. Il avait trente ans. Salomon vivait agréablement au milieu d'une cour scintillante dans un faste sans pareil, entouré de richesses uniques. Pourtant, *lorsque Balkis se présenta, il fut émerveillé de ses cadeaux et rapidement séduit par la beauté altière de sa jeune visiteuse. Son intelligence vive l'impressionna.*

L'illustre reine, charmée elle aussi par la grâce du roi, lui demanda de l'instruire du vrai Dieu et décida de rester une année entière à ses côtés. Elle s'installa, avec sa suite, dans les appartements d'un palais situé à proximité de celui de Salomon. Ils se voyaient tous les matins et chaque jour se sentaient plus proches l'un de l'autre. Hélas ! une reine ne peut rester indéfiniment loin de ses sujets et de son trône. Les souverains ont des tâches de gouvernement auxquelles ils ne peuvent échapper. Salomon le savait bien, qui tranchait tout avec sagesse, et ne fit rien pour la retenir malgré l'envie qu'il en avait. Il organisa donc un repas d'adieu qui surpassa en somptuosité tous les festins donnés à ce jour.

Le banquet comprenait un grand nombre de plats très épicés dont Balkis raffolait et se prolongea si tard que, pour épargner à la reine d'avoir à partir pendant la nuit, Salomon lui proposa sa chambre. Les convives échangèrent entre eux des sourires complices. Alors la reine de Saba, avant d'accepter, exigea du roi publiquement qu'il n'entreprît rien contre sa vertu. Salomon acquiesça à une condition : que la reine à son tour promît de ne rien prendre dans la chambre qui fût à lui. Ces serments amusèrent la galerie.

Quelques instants plus tard Balkis, sûre d'elle-même, se retira derrière un rideau où Salomon avait fait préparer un lit à son intention et s'endormit aussitôt. Mais, au milieu de la nuit, la reine, torturée par une soif intense, s'éveilla soudain. Une cruche d'eau fraîche était à portée de main, sur une petite table basse en bois de rose. Balkis s'en empara et but avec délice.

Au matin, Salomon sut que sa ruse avait réussi. Il s'approcha d'elle avec douceur : le serment, lui dit-il, était rompu, elle avait bu de son eau, il boirait à ses lèvres. Au moment de se quitter, alors qu'elle était mon-

tée sur son cheval noir, le roi tendit à Balkis un anneau d'or ouvragé en lui disant : « Si un fils nous est donné, remets-lui cette bague, l'anneau lui ouvrira les portes du palais de son père. »

Neuf mois plus tard, dans une île du lac Tana où elle s'était retirée, la reine de Saba mit au monde un petit prince qu'elle nomma Ménélik. A sa majorité il se rendit, par mer et par terre, auprès de son père Salomon, apprendre le métier de souverain. A la mort de Balkis, l'enfant devint roi d'Éthiopie, premier régent de la dynastie des Salomonides.

11.

« Tout ici a la profondeur du celluloïd ! Ils transformeront un jour ma cellule en lieu de pèlerinage (Réservez vos billets chez Ticketron) et les enfants des écoles primaires de la région, pour la classe de civisme, viendront toucher du doigt la caverne du *french rapist and arsonist*, pour vous servir.

» Suzanne arrive aujourd'hui. Elle viendra directement de l'aéroport déjeuner en prison. Le gardien-chef nous servira un repas chaud dans des plateaux qu'il fera monter depuis les cuisines de la cafétéria. Il est venu s'informer de nos préférences : bière ou chablis local ? Quel pays ! Ce fonctionnaire est aussi responsable de l'utilisation du téléphone public, mais il ne s'est jamais opposé à ce que les prisonniers donnent à la téléphoniste des numéros de cartes volées pour réaliser leurs interurbains à travers le monde. "Allô Palerme ?" "Allô Rio ?" Une seule aile de cette institution carcérale a dépensé 77 000 dollars d'interurbains le mois dernier. Pourquoi ne met-il pas fin à la fraude ? Aux compagnies de téléphone, dit-il, à prendre leurs précautions ! Rien, dans le règlement de la prison, ne défend d'utiliser une carte volée. Ce n'est pas qu'il soit contre le capital et les corporations, il est républicain, mais il favorise l'initiative privée. Et les assassins seront bien gardés. "Allô New York ?"

» J'imagine déjà Suzanne, robe mauve, collier de perles au cou, debout devant la table de la bibliothèque où je rédige depuis deux semaines ce texte pour ma défense. *Write Aid.* Roenicke nous aura laissés en tête à tête. Elle feuilletera le manuscrit du bout des doigts, puis elle me regardera dans les yeux comme autrefois. Est-ce que l'on s'embrassera ? Me remettra-t-elle une lettre de Janvier dont le silence me pèse ? A-t-elle des nouvelles de mes parents ? Ont-ils beau temps sur la côte méditerranéenne ?

» Suzanne s'assiéra et nous mangerons sans mot dire, cependant que le gardien fera les cent pas devant les rangées de livres reliés par les bons soins des ateliers de la prison. Puis nous parlerons et je tiendrai ses mains serrées dans les miennes.

» "Pas même en pensée ?" demandera-t-elle, soupçonneuse. Je lui dirai que je ne connais ni d'Ève ni d'Adam celle qui se prétend ma victime, et que je n'ai jamais rôdé autour du laboratoire. Que la vraie victime, c'est moi. L'*ex-husband.*

» "Tu ne crois pas que tu serais mieux en prison ? demandera-t-elle. Tu n'as jamais été très doué pour les travaux domestiques, c'est très propre ici, tout neuf, même assez joli. Te voilà bien nourri, logé, tu peux écrire en paix, que te faut-il de plus ?"

» "Suzanne, lui répondrai-je, ce n'est pas le temps de rire."

» "Je ne ris pas, dira-t-elle, je te regarde, mon pauvre Gregory, et je ne vois pas que tu aies changé. Le monde, la culture, l'économie évoluent. Toi, tu ne changes pas. Tu es toujours le même boy-scout à la recherche d'une cause, d'un sens historique, d'un chef clairvoyant, d'une générosité planétaire ! Le professeur Hunger s'est amené sur ton chemin et tu l'as suivi comme les disciples à Jérusalem suivaient Jésus-Christ. Mais en prison tu es à l'abri de tes coups de cœur. Peut-être pourrions-nous t'obtenir un régime carcéral pour intellectuel ?"

» "Suzanne, lui répondrai-je, contrairement à la majorité, j'ai le courage de mes rêves ! Si tu veux me voir enfermé, c'est que tu cherches à te débarrasser de moi de façon définitive. Qui est cet avocat qui t'accompagne ? A-t-il des cheveux blonds, une moustache, vous jouissez ensemble ? Qui va payer ses frais ?"

» Devant mes questions brusques, Suzanne reculera. Elle déclarera en grimaçant qu'elle n'aurait jamais dû venir. Je m'excuserai. Je plaiderai. Je la convaincrai. Elle pleurera dans mes bras, me consolera et trouvera la façon de toucher le cœur de Roenicke. Celui-ci me relâchera alors avec les excuses de l'État ! Le tour sera joué ! »

Gregory pouvait toujours imaginer faire des pieds de nez à la réalité, quitter la prison au son d'une fanfare, rédiger des contes de fées dont il était le héros, le destin bête et stupide continuait de lui jouer des tours. Un peu avant midi ce jour-là, il apprit du consul du Canada à San Francisco que son épouse bien intentionnée avait été retenue au départ par les officiers américains, à l'aéroport de Montréal-Dorval, alors que l'avocat qui l'accompagnait n'avait pas été interpellé. Il s'entendit rappeler au téléphone les droits des services de l'Immigration de refuser, sans explication ni motif, l'entrée aux États-Unis de tout citoyen canadien. Le consul avait tenté d'intervenir, mais l'ambassade à Washington l'avait prié de ne pas insister. Suzanne était sur la liste des indésirables, ainsi en avait décidé l'ordinateur des passeports. Gregory se souvint d'un écrivain torontois récemment interdit de séjour aux États-Unis parce qu'il avait dénoncé le militarisme américain lors d'un récital de poésie. Mais Suzanne !

– Est-ce parce qu'elle porte encore mon nom ? Suis-je sur une liste noire ?

Le consul en était persuadé. Il suggéra que l'avocat québécois, puisqu'il était sur place, prît contact avec une étude légale de San Francisco pour évaluer sérieusement la situation.

– J'ai connu vos parents, dit le consul, et je voudrais vous aider.

Francœur, effondré, accepta son offre et le pria d'organiser une rencontre avec les autorités dans les premiers jours de la semaine.

« Suzanne et moi n'étions pas même allés en cour pour ratifier notre séparation tant elle semblait naturelle, et voilà que le gouvernement américain officialisait notre divorce dans le temps et l'espace ! Washington, mettant son nez dans nos affaires, transformait un mélodrame en tragédie. »

Gregory sentit, pour la première fois, que cette histoire lui glissait entre les doigts. L'administration de la justice ne pouvait s'affronter avec comme arme son seul journal. D'ailleurs ne l'avait-il pas rédigé uniquement pour Suzanne ? A qui le faire lire maintenant ? A Roenicke ? Au jury ! En traduction ! L'as des communications, emprisonné, ne pouvait plus grand-chose.

Dans l'après-midi maître Marleau, procureur québécois, obtint de rencontrer Francœur, dans la salle des visites familiales, derrière une vitre épaisse à l'épreuve des balles, entre deux assassins.

« Nous étions face à face, de part et d'autre de la cloison. Nous pouvions nous parler par téléphone en nous regardant dans les yeux. Je crois qu'il se sentait ridicule. Je ne sais vraiment pas ce que Suzanne lui trouve : son visage est fade comme un ciel d'hiver. Peut-être n'est-il pas son amant, après tout ? Je lui ai demandé de questionner Roenicke. Si je ne suis pas coupable, et que l'on m'a arrêté, c'est quand même pour une raison. Peut-être qu'en parcourant à nouveau les dossiers il pourrait déceler un indice ?

» – Vous lirez mon journal aussi. Je suis prêt à répondre à toutes vos questions, mais je veux sortir d'ici. Et puis aussi je voudrais savoir ce qui est arrivé à Terounech, lui dis-je. Je n'ai pas osé la contacter depuis la prison. Peut-être ignore-t-elle que l'on m'a écroué ! Il faut absolument la rassurer. Vous la trouverez au YWCA de Los Angeles. N'en parlez à personne d'autre, je vous prie. Dites-lui...

» Maître Marleau, bedonnant malgré son jeune âge, est reparti avec une photocopie de mon journal sous le bras, dans son complet prince-de-galles, à la recherche de Terounech. Elle était si heureuse, les premiers jours à Berkeley ! Sans lui dévoiler ses responsabilités futures, je lui avais annoncé qu'Allan Hunger voulait la diriger vers le journalisme. Elle ne voyait pas trop bien ce que cela représentait, mais elle était ravie de retourner enfin à l'université et s'inscrivit, comme je le lui recommandai, aux cours de communication et d'histoire dès le lendemain de son arrivée. Auditrice libre et heureuse, dans tous les sens des mots.

» Nous avons fait un tour du campus, puis je la laissai elle-même explorer la ville pendant que je me rendais au travail. Jamais je n'aurais cru qu'une responsabilité pareille m'eût donné autant de joie ! Le professeur m'avait gâté et je mourais d'envie de retourner lui présenter l'Éthiopienne. En attendant son retour, m'inspirant des recherches faites à ce jour par Charles C. Harrod *et al.*, je rédigeai un questionnaire à plusieurs facettes sur le bonheur, discutai avec de jeunes chercheurs la façon de dépouiller les données accumulées et donnai un second cours qui, cette semaine-là, me mérita plus de succès que la première fois : je vis même les Asiatiques de la classe desserrer les lèvres quand je racontai la manipulation infantile que font les médias du spectacle politique, à partir d'anecdotes vécues et de quelques théories personnelles sur la démocratie électorale. Les étudiants, visiblement, étaient moins intéressés à comprendre le pourquoi des choses qu'à en apprendre le fonctionnement. Politique, mode d'emploi. *Have a nice election !*

» De son côté Terounech, en quelques jours, s'était acclimatée aussi bien que l'eucalyptus, originaire d'Australie, et dont le parfum nous émouvait tous deux. Plantés pour faire du bois de planche, ces arbres avaient essaimé avec autant d'aisance sur les plateaux éthiopiens que sur les collines de la baie de San Francisco. Les autorités forestières avaient découvert trop tard que cette essence ligneuse ne serait toujours que décorative et odorante ! Devenus inutiles pour l'industrie, les grands eucalyptus poussaient depuis en toute liberté, pour le seul plaisir des sens.

» Nous étions aussi heureux que des vacanciers.

Nous parlions comme des pies. Terounech tous les jours voulait aller au cinéma. J'acceptai de l'accompagner dans un safari de shopping du côté de Union Square. Peu à peu, elle expliquait les gestes qu'elle avait posés et tentait parfois de se justifier à ses propres yeux.

» – J'étais à Rome avec ma mère et son nouveau mari, dit-elle un soir pendant que nous faisions la queue devant un guichet. Il avait été nommé ambassadeur par le régime féodal. J'avoue que je ne posais pas de questions, je jouissais de la vie comme d'un spectacle, d'une fontaine ancienne à une *piazza* bruyante. J'étudiais au lycée français. J'avais des amis. Puis l'empereur a été fait prisonnier et l'on rappela les fonctionnaires de l'étranger. Ma famille décida de rester en Italie. Mon beau-père n'était plus très jeune et ne croyait pas à un vrai changement de régime. Je pensais (j'avais suivi des cours de science politique) devoir répondre à l'appel de la révolution !

» – Vous avez quitté vos parents ?...

» – J'étais très jeune et je ne partais pas en guerre. J'allais remettre au peuple les terres du clergé et à tous l'espoir de mieux vivre ! Quand je suis arrivée à l'aéroport, l'armée nous attendait. J'ai été jetée en prison avec les autres diplomates, mais l'on m'a interrogée et j'ai bien défendu ma cause. Je me suis jointe aux cellules révolutionnaires fidèles au colonel Mengistu. Le reste, vous le savez. Je vous en parle ici, avant d'aller voir un film, comme d'un événement du passé et pourtant j'ai encore très peur ! »

Tous les matins Gregory téléphonait chez Allan Hunger et tous les matins il entendait le même message enregistré. Pour ne pas perdre un temps précieux, il entreprit l'éducation professionnelle de l'Éthiopienne. L'idée de devenir journaliste dans une société de télévision de Los Angeles l'excitait au plus haut point. Ils se gavaient d'informations à toute heure de la journée et à tous les canaux, même si cela devenait répétitif. Francœur lui décrivait la situation américaine, les forces politiques et la place étonnante qu'y occupait Hunger. Peut-être est-ce qu'il tentait par la même occasion de se convaincre lui-même des enjeux ? En fait, il essayait surtout de lui communiquer l'effet de phénoménale énergie qui rayonnait autour du professeur. Les équipes. Les projets.

« Je le voyais comme un grand joueur, un personnage de Dostoïevski. Dans l'histoire, il eût été du côté de Don Quichotte, lui dis-je, mais Terounech ne connaissait ni Cervantès ni le roman russe.

» Si la sainteté existe en dehors des préceptes religieux, lui expliquai-je pour qu'elle comprenne vraiment, Allan Hunger à qui vous devez d'être ici est un saint. »

Cinq jours plus tard, l'on retrouva le corps du professeur Allan Hunger dans une villa de Hollywood. Saint et martyr. Il avait été torturé avant d'être assassiné. La rumeur de sa mort courut dans Berkeley comme une traînée de poudre. Le soir même les médias lui accordaient sa juste place parmi les faits divers, entre une inondation et un accident en cascade sur l'autoroute de Pasadena. La police, pouvait-on lire dans les communiqués de presse, croyait que les assassins étaient membres d'un gang asiatique. Dans la région de

Los Angeles plus qu'ailleurs les jeunes des banlieues formaient de plus en plus souvent des groupes jaunes, noirs ou blancs qui s'agressaient entre eux, pillaient les marchands et participaient à des rituels. Un soir l'on trouvait des chiens de race pendus aux lampadaires. Le lendemain les doigts d'une main étaient distribués par la poste.

Le gang soupçonné de la mort du professeur fréquentait, selon les autorités, les bars disco du boulevard Van Nuys dans la vallée de San Fernando. Mais il y avait près de cent mille adolescents de toutes races qui adhéraient à ces clubs violents, les uns nazis, les autres disciples de Satan !

Réunis d'urgence dans l'amphithéâtre de la faculté de théologie, les amis d'Allan Hunger tinrent colloque. La majorité refusait de croire l'explication policière. Plusieurs y voyaient un alibi. La théorie la plus vraisemblable, retenue par l'assemblée, voulait que la CIA ait utilisé des délinquants pour éliminer le professeur. Personne n'accusait le FBI, mais certains affirmaient que cette agence fédérale ne pouvait qu'être complice des meurtriers. Allan Hunger depuis trop longtemps ridiculisait leurs entreprises : le FBI n'avait jamais réussi à le confondre. Un jésuite en clergyman affirma avec passion que le terrain sur lequel Hunger et la CIA s'étaient affrontés ne pouvait qu'être politique. L'Amérique latine ?

Terounech assistait à la séance sans trop comprendre les enjeux. Elle surveillait les portes du coin de l'œil, habituée à voir l'armée mettre fin à ce genre de discussion. Mais il n'en fut rien et l'on proposa le démantèlement immédiat de tous les réseaux. Gregory se fit remarquer en présentant l'Éthiopienne comme la dernière bénéficiaire d'Allan Hunger, à qui il avait parlé la veille de son départ pour Los Angeles, ajouta-t-il. Il plaida avec succès en faveur du maintien du mouvement. Ils rentrèrent tard dans la nuit. Terounech avait cent questions à poser à Gregory. Celui-ci la taquina.

– Votre métier de journaliste vous monte à la tête !

– Ce n'est pas cela, Francœur, lui dit-elle, mais vous me devez une explication. Comment est-ce que la présidence des États-Unis peut faire assassiner un citoyen comme sous les pires régimes dictatoriaux ?

– Je suis persuadé, répondit-il à Terounech, que nous avons retenu la bonne explication. Mais personne n'a dit que la présidence était au courant ! Il y a une politique américaine vis-à-vis des étrangers et des intérêts américains en Amérique latine. C'est pour satisfaire à ces politiques que des officiers subalternes ont pu prendre l'initiative d'un complot. Ils ont interprété leur mandat en ce sens et choisi, au nom du bien commun, d'en finir avec le vieux radical.

– Et nous marchons dans les rues comme s'il n'y avait pas la guerre ? demanda, incrédule, Terounech.

– Ces actes sont exceptionnels, expliqua Francœur, mais il est vrai que la raison de sécurité nationale prend parfois des dimensions primaires au niveau des opérations politiques. Des policiers ont mitraillé sans pitié les quartiers généraux des Panthères noires ; la garde nationale, en 1970, a tiré sur les étudiants du campus de l'université Kent ; ces actes ont fait l'objet de commentaires sans fin dans la presse, donc la démocratie est sauve.

– Mais Allan Hunger est mort... ajouta la jeune femme en prenant la main de Francœur qui resta grave tout au long du parcours.

La seule guerre (Francœur avait raison) à laquelle assista Terounech fut celle des déclarations et des manchettes, des éditoriaux et des lettres aux journaux. L'association des Amis d'Allan Hunger, nouvellement créée, tint une conférence de presse dans l'église presbytérienne. L'*Express* publia en deux tranches les résultats d'une enquête minutieuse qui démontrait clairement que le voyage du professeur Hunger à Hollywood avait des dimensions politiques. Son emploi du temps, retracé d'heure en heure, prouvait qu'il ne s'était jamais trouvé à proximité de la villa de la rue Elm, à Hollywood West, où on l'avait trouvé. Quelqu'un (les policiers ?) distribua aux journalistes des fac-similés du dossier du FBI qui reliait Hunger à un « marché noir d'immigrants illégaux ». De « source digne de foi », déclara le *Los Angeles Times*, l'on avait appris que ces illégaux n'étaient pas étrangers au commerce de la drogue dans l'État de Californie. Ce genre de calomnie laisse toujours des traces. Le nom de Hunger disparut des journaux, mais le harcèlement, comme pétards de fête chinoise, éclata de partout. Les amis du professeur furent tous ennuyés, téléphones anonymes, visites des inspecteurs de l'impôt, enquêtes chez les employeurs.

Une première fois Terounech fut interceptée dans la rue, près de l'université, par un policier en voiture qui l'amena au poste de police municipal. On se contenta de vérifier ses visas et son compte de banque, mais l'Éthiopienne tremblait encore quand elle rentra à la maison. Elle attendit Gregory, toute droite, assise dans le salon, serrant fort dans ses bras Lucifer, qui avait prévu le drame, mais ne comprenait rien à cet accès de tendresse. (« Trois gouttes de sang ! Je ne suis pas superstitieux ! » avait pensé Gregory. Désormais il serait plus prudent.)

Quand il rentra à son tour et qu'il vit dans quel état était Terounech, il lui fit boire un alcool de riz et la rassura autant qu'il put. La mort d'Allan Hunger ne changeait rien à sa situation d'immigrée reçue, croyait-il, et les autorités ne pouvaient d'aucune façon la renvoyer. C'est ce que leur confirma un avocat spécialisé qu'ils dénichèrent dans les pages jaunes. Pourtant, tous les soirs, vers sept heures, une voiture de police banalisée venait ostensiblement se garer à proximité. C'est Maritain qui le premier la remarqua et prévint Gregory au téléphone. Celui-ci, caché derrière les rideaux du salon, immobile, tenta de voir qui étaient les deux occupants de la voiture. Inutile : ils avaient eux aussi été banalisés. Habituellement ils repartaient vers huit heures, après une brève conversation dans le micro de la radio de bord. Terounech et Gregory devinrent nerveux comme des poules.

« Quelques jours après l'autopsie, il y eut une cérémonie funéraire dans la chapelle de l'université de Stanford où Allan Hunger avait étudié. L'on m'avait invité, avec deux autres personnes, à prendre la parole avant l'incinération. Je parlai du rôle que le professeur avait joué dans ma vie pendant ces courtes semaines passées en Californie. J'invitai ses proches à ne pas abandonner la lutte et à faire en sorte qu'il ne soit pas mort pour rien. Terounech se tenait à mes côtés. Je déclarai qu'elle et moi serions éternellement reconnaissants aux vrais démocrates de ce pays qui n'étaient pas nécessairement les élus de la majorité ! Amen. Une photo, prise pendant mon discours, parut dans les journaux de la région, dont le *Daily Californian*, en première page. Les gangs se déchaînèrent. Ou n'était-ce que de petits vandales orientés par des voyous ? »

Des enfants blancs vinrent parader, au coucher du soleil, sur des motos rutilantes et bruyantes qu'ils faisaient grogner, lançant des bouteilles vides vers la maison et dans la cour. Ils peignirent à la bombe des graffiti obscènes sur les bardeaux marron du Château avant de partir en pétaradant. Le lendemain matin, au moment de sortir, Terounech et Gregory trouvèrent sur le pas de la porte Lucifer, la gorge tranchée. Terounech poussa un cri et se précipita dans la rue, secouée par une crise de larmes. Les fantômes revenaient la hanter.

Francœur courut derrière, la rattrapa et lui promit d'agir. Ce furent les agents du FBI qui le firent avant lui. Alors qu'avec l'aide de Maritain il enterrait Lucifer au fond du jardin, une voiture noire s'amena devant le Château avec quatre occupants costauds qui apparurent brusquement au balcon. Le concierge fila sans demander son reste. Les officiers du bureau fédéral s'identifièrent dans les formes et sans rien bousculer proposèrent une conversation. Ils entreprirent de questionner Gregory dans la cuisine et Terounech au salon. De temps à autre ils interchangeaient les rôles. L'interrogatoire dura plusieurs heures, sur un ton tendu, mais civilisé. Francœur, ne voulant pas laisser Terounech, dut prévenir ses collaborateurs de ne pas l'attendre à l'université. Il demanda, sans obtenir de réponse, si son téléphone était écouté.

« Quand ces messieurs sont enfin partis, Terounech est venue se jeter dans mes bras. Nous étions comme deux orphelins dans une mauvaise tragédie. Quelqu'un abusait de la couleur locale ! Je lui caressai les cheveux et suppliai doucement qu'elle me raconte ce qui s'était passé.

» – Il faut que je sache ce qu'ils vous ont demandé.

» – Je ne vais pas recommencer avec vous ! murmura-t-elle.

» – Terounech ! Comment peut-on se défendre ?

» Elle resta un long moment silencieuse, se mit à marcher de long en large puis, faisant visiblement un effort, elle s'assit sur le sofa comme à l'heure du thé.

» – Ils voulaient surtout connaître la façon dont on m'avait contactée, dit-elle, la raison pour laquelle j'étais venue aux États-Unis, mes relations avec les missionnaires protestants qu'ils connaissent par leur nom. L'un d'eux, le plus âgé, s'intéressait particulièrement aux conspirateurs qui ont déposé l'empereur, il s'inquiétait de mon rôle auprès du *Dergue*, ils m'ont lu une liste de noms de révolutionnaires qui avaient étudié aux États-Unis et au Canada dans les années soixante, me demandant ceux que je connaissais et s'ils avaient conservé des contacts dans les universités américaines. Je ne sais plus ! Mille détails ! Mes relations sexuelles. Votre pensée politique. Le travail de mon beau-père à Rome. Les sommes d'argent dont disposait Mlle Wong. Mes projets d'avenir.

» – Vous avez répondu à toutes ces questions ?

» – Ils me connaissent mieux que vous ne pouvez imaginer ! Le plus petit, avec des boutons sur le visage, parle amharique ! Il a vécu en Érythrée.

» – Cela ne me dit pas ce que vous leur avez raconté, fis-je inquiet.

» – J'ai été honnête, tout simplement. J'ai répondu que la révolution m'avait rendue malade, que j'ai perdu une sœur et un cousin dans les massacres, et que je ne voulais plus jamais avoir à me rappeler les cadavres des enfants dans les villages. J'ai dit que j'étais venue ici pour avoir la paix et recommencer ma vie.

» Elle se tut un instant puis, bondissant sur ses pieds, elle vint vers moi en souriant, suppliant presque.

» – Ne pourrait-on pas oublier tout cela ? Quitter cette ville ? Partir en voyage ?

» – Je ne voudrais pas donner l'impression de fuir, répondis-je avec hésitation, mais j'imagine que nous pouvons nous absenter quelques jours sans danger. C'est même une excellente idée !

» Je devenais enthousiaste. »

Ils étaient, l'un et l'autre, incapables de travailler, se dit Francœur, et leur comportement devenait erratique. Aussi bien partir ! Il pourrait s'entendre avec le département pour reporter son cours. Distribuer le travail à ses collaborateurs. A quoi leur servait-il de tourner en rond, reprenant sans cesse les mêmes questions, revenant jour après jour sur la mort de Hunger, inhabiles à se concentrer, à même regarder la télé, qui présentait pourtant en musique des fictions policières calquées sur leur réalité ? A l'écran, les assassins d'Allan Hunger, les bourreaux de Lucifer, en hélicoptère, en voiture, dans des ascenseurs, des gratte-ciel, par monts et par vaux parcouraient l'Amérique électronique. S'ils en faisaient autant ?!

– L'ennui, dit Gregory, c'est que je ne sais rien des réseaux du professeur, mais que les flics ne l'admettent pas. Mon passé politique les dérange. Je crains qu'ils ne me croient dangereux ! Ils vont certainement revenir. Je pense qu'ils s'intéressent plus à moi qu'à vous maintenant...

– Alors, lança Terounech avec force, il ne faut plus hésiter !

Ils se partagèrent les tâches. Pendant qu'elle ramassait le nécessaire dans la maison, Gregory descendit au centre-ville louer chez REI une tente et des sacs de couchage. Peut-être choisiraient-ils la vie sous les étoiles ? Il fourra le tout sous le capot de l'Apocalypse dont il fit le plein.

« Nous voulions changer de planète. Nous avons décidé de suivre le littoral comme un fil, vers le sud. A gauche, les collines comme des chats faisaient le dos rond, l'océan de son côté éclaboussait des otaries paresseuses assoupies sur des rochers gigantesques. Nous roulions lentement, nous arrêtant sans cesse sur des corniches de plus en plus escarpées, recouvertes d'orchidées sauvages. Terounech découvrait avec ravissement une nature luxuriante. Habituée aux paysages désertiques, elle n'avait pas assez de ses cinq sens pour tout enregistrer. Elle était si heureuse de se sentir entre ciel et mer, loin des soucis politiques, qu'à la fin de l'après-midi, sur le chemin de Big Sur, elle insista pour se rendre sur la plage. Nous avons abandonné la voiture sur le côté de la route et emprunté un sentier escarpé qui menait à une grève, mille pieds plus bas. »

Devant la mer bruyante comme une foule, au moment où le soleil irisait les embruns, Terounech se tourna vers Gregory.

– Francœur, lui dit-elle doucement, je pense que je vous aime.

Le grand vieux jeune homme regarda ses mains où apparaissaient déjà les taches de l'âge, pensa avec effroi qu'il lui faudrait remonter le sentier sans perdre le souffle et sourit enfin avec émotion.

– Il ne faut pas confondre l'amour et la solidarité naturelle des victimes ! lui dit-il, sentencieux. Ici, sur le sable mouillé, le dos à la falaise, l'océan dans les yeux, j'aimerais croire que nous sommes les premiers êtres humains sur terre. Mais je sais que ce n'est pas vrai.

Terounech insista.

– Je vous aime parce que vous êtes mon passé et mon futur, c'est tout.

– Pour moi tu es le présent, dit-il en souriant.

– Ce n'est pas le moment de m'enseigner les conjugaisons, Francœur !

Terounech avait de grands bras qu'elle agitait en parlant. Gregory gardait les siens le long du corps pour se protéger du souffle de la mer. Quand ils s'approchèrent l'un de l'autre ils ne firent plus qu'un seul vire-vent.

12.

Pendant que l'avocat cherchait à rejoindre Terounech à Los Angeles, que le consul consulait dans un cocktail sur Russian Hill, que la navette spatiale *Challenger* atterrissait dans le désert californien, qu'au Jet Propulsion Laboratory l'on mettait au point un laser assez puissant pour embraser une étoile, Gregory Francœur passait un troisième dimanche en prison pour « raisons préventives ». Il lui apparaissait de plus en plus clairement qu'il était un otage dans une négociation dont il ignorait les enjeux. La lecture des deux cents pages du *New York Times*, gracieuseté de la direction, l'occupa tout l'avant-midi sans pour autant le consoler. Il refusa une fois de plus de descendre au base-ball et le gardien furieux lui servit deux hot dogs et un verre de lait pour tout déjeuner. Cette persécution le mit de bonne humeur. Après tout, ils ne l'avaient pas cassé, et si Roenicke le détenait en solitaire ce pouvait être un signe de faiblesse de leur part. L'auraient-ils arrêté si Terounech et lui n'étaient pas partis en vadrouille ?

Chacun dans son sac de couchage, n'osant s'avouer encore le désir qui les agitait l'un et l'autre, ils s'étaient endormis sous la tente dans le parc Pfeiffer, entourés d'arbres plus vieux que le christianisme. Au matin, à l'heure où les faucons planent dans l'azur, silencieux comme des avions de papier, ils devinrent bavards, évoquant leurs amours anciennes, leurs enfances inquiètes, échangeant sans ordre des souvenirs nécessaires. Ils marchaient l'un vers l'autre avec une pudeur extrême.

– Ma première expérience politique va te paraître ridicule peut-être, déclara Francœur dans un restaurant du bord de la route, construit à l'ancienne avec des billes de bois, et dont les garçons de table portaient un costume de bûcheron, je l'ai vécue à neuf ans au coin des rues Chambord et Laurier, dans le quartier Mont-Royal que j'habitais alors. A cette époque, même dans ce coin français de Montréal, l'on rencontrait parfois des Anglais, nos ennemis.

– Pourquoi ennemis ? demanda Terounech, les Anglais ont libéré l'Éthiopie des Italiens fascistes en 1944 !

– Ils étaient *nos* ennemis parce qu'ils parlaient la langue du maître. Une vieille histoire de conquête. Ce midi-là, un gang d'adolescents m'a attrapé et traîné dans une ruelle pour me faire un mauvais sort. J'ai eu très peur et je me suis mis à crier dans leur langue qu'ils se trompaient de victime. J'avais un accent impeccable. Ils m'ont relâché.

– Je ne vois pas en quoi cela mène à la politique, dit Terounech en souriant.

– Je ne leur ai jamais pardonné de me forcer à mentir pour sauver ma peau. C'était comme si je trahissais les miens. Pense à mon père, employé modèle d'une maison d'édition française ! Je n'aurais jamais voulu qu'il apprenne cette histoire.

– Moi, j'avais treize ans, dit Terounech. C'était la fin de l'année scolaire. Je fréquentais avec les jeunes filles du palais l'école secondaire des Adventistes du Septième Jour. Depuis plusieurs semaines, les rumeurs les

plus invraisemblables circulaient à propos de l'armée.
Mais nous étions à l'abri. Ce jour-là pourtant, pendant
la classe d'anglais, trois officiers forcent la porte et
repoussent la maîtresse. Ils font circuler de rangée en
rangée, dans un plat d'aluminium, un morceau de
viande si faisandé qu'il répandait une odeur nauséa-
bonde, écœurante, malade. Je m'excuse d'évoquer cela
devant nos assiettes...

— Ça ne fait rien ! dit Francœur en plantant sa fourchette dans une saucisse entourée de pommes de terre
rôties, de bacon grillé, d'œufs brouillés et de demi-
lunes d'oranges. Je mangerai plus tard.

— Alors pendant que l'un d'entre eux nous forçait
chacune à toucher du doigt la nourriture, les deux autres
affirmaient que c'était là la pitance qu'ils réservaient
aux ministres et collaborateurs de l'Éthiopie féodale !
Puis ils ajoutèrent que cette pourriture était déjà mieux
que ce que mangeait le peuple. Ils nous invitèrent à
descendre dans la rue pour appuyer la révolution. Il y
avait des filles à côté de moi dont les parents avaient
été faits prisonniers et qui pleuraient à chaudes larmes.
J'étais déjà très grande pour mon âge. Je me suis mêlée
à la foule qui chantait et courait vers l'université.

— C'était avant d'aller à Rome ? demanda Francœur.

— Oui. Ma mère ne s'était pas encore remariée,
répondit Terounech.

— Donc ton beau-père a été délégué en Italie par la
révolution ?

— Non. Pas du tout. Vous mélangez tout. L'empereur
est resté maître jusqu'à la fin. Tout simplement ses
ministres et ses acolytes disparaissaient l'un après
l'autre, épisodiquement. Mais il continuait de nommer
d'autres ministres, des ambassadeurs, des fonctionnaires. Il disait que, si la révolution était bonne pour le

peuple, il était pour la révolution. Peu à peu il a été isolé, sans que personne jamais le touche. Le peuple ne l'aurait pas accepté. Je suis entrée à Addis quand il a été fait prisonnier.

– Chez nous, dit Francœur, la révolution a été plutôt tranquille. C'est peut-être mieux ainsi !

La brume dominait encore le paysage quand ils reprirent la route. A peine si le soleil réussissait parfois une percée. Ils pouvaient deviner, plus qu'ils ne les voyaient, les collines empilées comme pastèques au marché où des bêtes brunes, le long des canyons, broutaient une herbe grise.

– Tu te sens mieux ? demanda Francœur.

– Vous êtes sûr que nous ne sommes pas suivis ? s'enquit Terounech.

Gregory la rassura du regard. Dans l'Apocalypse, c'était l'heure des bilans.

– Je voudrais parler d'Allan Hunger, dit la jeune femme. Il est mort, n'est-ce pas, parce qu'il n'a cessé de sacrifier sa vie privée à celle de la société ? Vous êtes d'accord ? Quand des enfants étaient menacés, il lançait une campagne contre la violence ?

– Et c'est lui qui a trouvé une nouvelle façon de remettre l'apartheid en manchettes, ajouta Francœur.

– Qu'est-ce qu'il attendait de moi ?

– A quoi bon ? Il est mort maintenant, et ses projets avec lui, dit doucement Gregory.

– J'ai le droit de savoir !

– Tu as le droit... comment dire ? Il voulait que tu diriges un réseau d'immigration d'Africains vers les États-Unis.

– Pourquoi ? Contre le gouvernement ? demanda Terounech.

– Il disait que l'Amérique appartenait au monde

entier. Vous auriez été plusieurs à entreprendre un vaste métissage. Voilà.

Gregory ne pouvait en dire plus.

– Allan Hunger se voulait vraiment la conscience de l'humanité ! explosa Terounech. C'est aussi une façon de faire les nouvelles, n'est-ce pas ?

– Tu es injuste, lui dit Gregory.

– Je ne suis pas injuste, répliqua Terounech, mais j'aimerais savoir ce qui lui permettait de décider de notre bonheur !

– Quand tu es rentrée de Rome en Éthiopie, dit Francœur, c'était pour aider à transformer la société et permettre à chacun d'être heureux, non ?

– Quand vous vous êtes fait élire sur une question de langue, demanda Terounech, c'était aussi pour le bonheur de votre société ?

– Alors ?

– Nous devons tous deux admettre l'échec. Celui de Hunger aurait été plus éclatant encore. Vous n'êtes pas particulièrement l'incarnation du bonheur et je ne suis pas heureuse non plus. Mais il y a pire encore : nous sommes tous deux en exil après avoir aidé une catégorie de citoyens à s'emparer du pouvoir. Nous avons participé à une transformation superficielle. Chez moi un gouvernement fort et cruel a remplacé un gouvernement faible et cruel ! La belle affaire !

– Comme tu y vas ! dit Francœur. Il n'y avait pas d'autre issue que l'action politique !

– Non, Francœur ! répliqua Terounech en souriant tristement, et vous le savez mieux que moi encore. La puissance publicitaire est plus forte, disiez-vous, que la puissance militaire ! La politique n'est qu'une minuscule dimension de la vie. Nous ne sommes pas ici (elle montrait de sa main aux doigts effilés les paysages en cinémascope couleur qui se succédaient sur l'écran du pare-brise) pour des raisons politiques !

– Absolument ! Nous fuyons le pouvoir dans l'Apocalypse à soixante-douze kilomètres à l'heure !

– En descendant la côte !

En riant ils cherchèrent la raison exacte de leur présence sur cette route en lacet. La Fédération des communicateurs. Un projet sur le bonheur. Une place de comptable à Dirédaoua chez les missionnaires. Un billet d'avion comme un billet de loterie.

– Si tu veux, répliqua Francœur qui n'abandonnait jamais une discussion avant d'en avoir épuisé tous les arguments, mais ce billet de loterie a été payé par une organisation politique !

– Avions-nous le choix ?

– Je suppose que nous cherchions l'un et l'autre à sortir d'une impasse.

– Il n'y a jamais d'impasse, répliqua l'Éthiopienne, il n'y a que le destin !

L'Apocalypse fit une embardée, Francœur frôla volontairement le précipice du côté de l'océan. S'ensuivit une discussion interminable sur le fatalisme islamique. Sur le rôle de John Wayne dans l'inconscient des peuples et celui de Travolta dans l'imaginaire des petites filles. Ils attaquèrent le téléphone blanc capitaliste, mais le cœur n'y était plus. La passagère l'affirmait, le chauffeur le reconnut : les problèmes d'institutions et de société, qui les passionnaient dans leurs solitudes respectives, depuis qu'ils se sentaient proches l'un de l'autre avaient tendance à s'estomper comme les arbres au loin sur les rochers.

« J'ai toujours eu de grandes difficultés à distinguer mes élans intellectuels de mes émotions. La discussion avec Terounech me rajeunissait. On décapait le vieil homme aux réactions prévisibles. Je sentais les raisons du cœur l'emporter.

» Nous étions à quelques heures de la prochaine ville. Le brouillard était si intense qu'on ne voyait plus les ponts suspendus que nous traversions. Méandres, falaises, rochers solides comme le destin nous bouchaient la vue. Nous avons pensé couper à travers les terres vers l'autoroute. En vain. Là aussi les voitures roulaient au pas, toutes lanternes allumées. Au loin, les abords de Los Angeles parurent fantomatiques, dessinés par les artistes de Disneyland, sûrement ; à mesure que l'on avançait, les échangeurs se noyaient dans une curieuse soupe jaunâtre où se mêlaient les vapeurs de la mer et les gaz d'échappement. Ici et là, en plein champ, comme des bijoux lumineux jetés le long des voies d'accès, clignotaient des enseignes au néon. Paysage fabuleux qui nous forçait au silence, le nez collé à la vitre pour ne rien manquer ! »

Les policiers disaient avoir découvert le corps d'Allan Hunger au 740 Elm Street, West Hollywood. Francœur ne pouvait concevoir de s'arrêter à Los Angeles sans faire, comme en pèlerinage, une visite dans cette petite rue tranquille où des maisonnettes basses et roses en *stucco* arboraient chacune un palmier nain en fleur. *Greetings from California.* Il passa d'abord devant le bungalow à la vitesse d'un enterrement. Il voulait examiner le décor qui avait servi de cercueil au professeur. Comme si cela eût pu le ramener à la vie ! Il est toujours difficile de croire à la mort de ceux que l'on aime quand le corps est détruit sans être exposé. On s'était contenté, avant l'incinération, de placer une photographie récente sur le catafalque. Pourquoi ne pas faire graver, s'était dit Gregory, son numéro de Sécurité sociale sur l'urne ! Il stationna la voiture au coin d'un trottoir en ciment recouvert de pétales que laissaient déjà tomber les cerisiers japonais. Terounech resta assise dans l'Apocalypse.

Dans la nuit cafardeuse, l'air glacé que le vent poussait depuis l'océan le gela jusqu'aux os. C'était une rue banale, à faire pleurer. La maison incriminée ne se distinguait de ses voisines que par une affiche des courtiers *Century* annonçant sa mise en vente et deux douzaines de journaux dans leurs enveloppes de plastique, répandus sur la pelouse autour de l'entrée. Dans le garage, une voiture noire sans plaques d'immatriculation. Rien de particulier dans la cour, sinon le squelette d'une balançoire de métal depuis longtemps abandonnée. Depuis le patio il put voir, en grimpant sur un muret de brique, une veilleuse qui clignotait au fond de la cuisine. Il n'était pas très difficile d'imaginer que l'on avait abattu le professeur ailleurs, puis transporté le corps dans cette villa pour déjouer les pistes. La maison appartenait peut-être au FBI ? *Why not ?* Les agences fédérales possèdent des ranches secrets, des bureaux maquillés, des voitures anonymes. Pourquoi pas une demeure à Hollywood West où cacher les cadavres des activistes trop actifs ? Nous avons tous vu cela au cinéma. A preuve, il ne releva nulle part, sur les murs extérieurs, de traces de graffiti. Les gangs signent toujours leurs œuvres, se dit Gregory, quel travail d'amateur ! Il était dépité.

« Quand je revins à la voiture, Terounech m'attendait debout sur le pavé mouillé et craquelé, les mains cachées dans un blouson blanc dont elle avait remonté le col. Elle épiait mon visage.

» – Qu'est-ce qui vous ronge, Francœur ?

» – Allan Hunger vient de se volatiliser, lui dis-je, emportant avec lui un morceau de ma vie... Je ne sais pas ce que j'espérais. Un indice peut-être. Car je ne saisis pas encore tout à fait ce qu'il m'a pris en disparaissant ainsi.

» – Vos plus belles années certainement ! dit l'Éthiopienne en se moquant.

» – Mais je le connaissais à peine ! plaidai-je.

» – Vos rêves d'aventures, vos désirs de refaire le monde, vos envies de changer la société, poursuivit la jeune femme, et cette rue sinistre est la seule réalité qu'il vous ait vraiment laissée en héritage. Avouez que vous êtes déçu !

» Une voiture passa en nous éclaboussant de boue et de lumière. Puis la rue redevint lugubre et silencieuse.

» – C'est vrai ! dis-je, je cherchais à faire coïncider mon imaginaire et la plate réalité.

» – Vous parlez comme un livre, Francœur !

» – C'est un mal ? lui demandai-je en haussant le ton.

» – Vous êtes dans la capitale du cinéma et vous parlez comme un livre !

» Elle me prit par le bras et me fit contourner la coccinelle qui s'était affaissée, me semblait-il, comme moi, épuisée par le voyage, et me poussa dedans. Puis elle se glissa derrière le volant gris et rouge en me suggérant de fermer les yeux. Elle allait conduire jusqu'à un hôtel, il devait bien y en avoir un quelque part dans les environs ! Quand j'eus fermé les paupières et qu'elle eut mis en marche l'Apocalypse, elle me demanda, d'une voix douce :

» – C'est votre propre mort qui vous effraie ?

» Ce n'était pas tant une question cruelle qu'une constatation logique. Irréfutable. Implacable. Que me restait-il à vivre ? La carrière tranquille d'un zombie californien ? *Spaced out ?*

» – Pendant que tu cherches où nous loger, lui répondis-je, je vais faire le mort et je ne ressusciterai que si tu trouves un motel. Ou dans trois jours, comme Jésus-Christ.

» A mon âge, pensais-je, ce n'est pas de fournir l'effort qui est pénible, mais le temps de récupération, qui prend une éternité. »

Gregory s'endormit en débattant ce problème psychologique, la tête appuyée contre la portière qui vibrait. Il n'y avait plus sur terre que Suzanne avec qui il saurait partager le poids réel de ses émotions, mais Suzanne l'avait abandonné. Pendant qu'il rêvait, Terounech parcourait les boulevards. Il ne sut jamais combien de temps avait duré la recherche d'un établissement. Quand il s'éveilla Terounech lui touchait délicatement le front. « Il n'y a que les enfants et les vieillards que l'on embrasse sur le front ! » pensa-t-il. Puis ils descendirent les bagages et s'inscrivirent comme Mme et M. G. Francœur, sur la fiche du motel, sous les yeux d'un employé sarcastique. Il est vrai que l'Apocalypse ne payait pas de mine.

La chambre était au troisième étage d'un édifice tout en métal noir et ciment, conçu comme une mission espagnole en trompe l'œil, avec un bar et une chapelle sous le campanile, des cactus disséminés dans la cour et une fontaine pour faire boire les chevaux. Depuis le balcon de fer forgé, ils virent qu'enfin la brume s'était levée et entendirent sur Sunset Boulevard les prostituées qui hélaient les automobilistes dans la nuit de plus en plus bruyante et chaude. Gregory s'imaginait déjà au creux d'un matelas, quand Terounech proposa un tour du quartier. Elle voulait prendre le pouls d'Hollywood, en respirer la poussière de vedette.

A minuit, devant le Chinese Theater, sur Hollywood Boulevard, l'Éthiopienne avec une lampe de poche l'entraîna d'une empreinte de star à l'autre. Il y avait foule sur le patio où depuis cinquante ans les étoiles du cinéma laissent dans le ciment les marques de leurs mains et pieds. Normal. Quand on vit dans l'éphémère, il est nécessaire de laisser ici et là des traces concrètes. Francœur découvrit, passant d'une étoile à l'autre, qu'il chaussait la même pointure de souliers que Humphrey Bogart, ce qui l'étonna car il savait l'acteur beaucoup plus petit que lui.

– Grand cœur, petits pieds, dit-on chez nous !

Terounech avait inventé ce dicton sur le coup pour le rassurer. Elle le maternait.

– Et toi, tu as trouvé traces à ta taille ? demanda-t-il.

– Marilyn Monroe, Jean Harlow, Doris Day, Jane Russel... je suis, au niveau des orteils, toutes ces femmes à la fois. Mais qui étaient-elles ?

« Comment expliquer à une Africaine, née au bout du monde, sur les hauts plateaux abyssins, place Saint-Georges, l'image fugace des déesses baroques du celluloïd en noir et blanc ? Lui raconter que nous étions en piste dans le cirque américain ? Que les éléphants ici ne chassaient pas, qu'ils étaient entraînés à faire des courbettes pour amuser les enfants ? Que les serpents ne menaçaient jamais personne, mais qu'on en fabriquait des sacs à main ? Que les gazelles broutaient l'herbe folle des collines où les stars construisent leurs palais ! Que les habitants de ce village n'attendaient que le regard d'un producteur pour se glisser devant une caméra dans une histoire américaine ? Terounech était née d'une lettre oubliée sur le bureau d'Allan Hunger et voilà que nous nous tenions bras dessus bras dessous au milieu des badauds, dans cette chapelle dérisoire ! Les pèlerins admiratifs portaient des bougies allumées dont ils laissaient couler sur le ciment quelques gouttes de cire chaude pour y fixer la chandelle. Les lampions de la vénération cinématographique ! Douglas Fairbanks Jr. s'était mérité à lui seul une douzaine de flammes déposées par une famille mexicaine respectueuse. Viva Zapata ! Au son grave d'une sirène électronique une auto-patrouille passa en trombe, suivie d'une longue limousine blanche, en route vers les clubs exclusifs de Beverley Hills. Terounech s'approcha et se pressa contre moi. Elle me regardait avec des yeux si sombres et si neufs que je me surpris à pleurer doucement comme un homme.

» – C'est salé comme la mer, dit-elle, embrassant ma joue mouillée.

» – Je pleure souvent au cinéma, dis-je, pour m'excuser.

» Pop porn. »

13.

La chambre du motel *La Reina de los Angeles de Porciuncula* vit Terounech et Gregory épuiser, en quarante-huit heures, l'énergie d'une vie. Puis, dans le matin ensoleillé, ils acceptèrent tous deux, après de furieuses discussions, de lentes caresses et des sourires mouillés, l'idée de se séparer. Silencieux, pleins et vides tout à la fois, ils restèrent longtemps face à face dans la cour aux cactus, se tenant par les mains, tentant de condenser en chaque phrase des centaines d'idées et d'émotions. Terounech refusait de retourner au nord. Elle voulait vivre libre et ne plus se faire bousculer par les agents du FBI, manipuler par des missionnaires, entraîner dans des aventures de croque-mort. Elle prétendait être en Amérique. Elle pourrait tout aussi bien, disait-elle, apprendre un métier à Los Angeles qu'à Berkeley. Elle rêvait de se fondre dans la foule, anonyme comme une enfant. S'il le fallait elle était prête à servir des petits déjeuners à l'aube dans des *coffee shops* où l'on cherchait perpétuellement une *waitress*. Elle promit de continuer à étudier pour le rassurer, et offrit, si nécessaire, d'être l'antenne du réseau à Los Angeles. Elle lui devait au moins cette fidélité !

« Nous étions convenus que, si nos souvenirs étaient désynchronisés, nos avenirs l'étaient plus encore. Que gagnerait-elle à revenir avec moi ? C'est parce que nous étions tous deux orphelins du Pacifique que j'étais devenu son parrain, son mentor, puis son amant. Mais j'aurais tout aussi bien pu être son père ! L'on se console avec les raisonnements que l'on peut trouver.

» – Et puis on se téléphonera !

» Toujours la solution technologique, m'étais-je dit en moi-même, l'effet substitut. Tu es bien le petit-bourgeois dont Suzanne se plaignait avec raison. Pas un seul grain de folie ne germe plus en toi. La politique a tué ton affectivité et te voilà incapable de fantaisies. Tu ne sais plus vivre, oser, rire. Tu vas rentrer sagement à Frisco-boulot-dodo. Un travail t'attend, une enquête sérieuse sur le bonheur, n'est-ce pas plus riche qu'une petite joie personnelle ? Des étudiants seront en classe jeudi prochain, tu as le sens du devoir et de l'histoire, il ne faut pas les décevoir. L'ordre des choses ? Les choses en ordre. *Have a nice life !*

» La dernière fois que j'entrevis Terounech, ce fut dans le rétroviseur de la coccinelle. Elle se tenait debout, dans un chandail rouge feu, toute droite et fière, agitant les bras devant le YWCA de la rue Flower, à Los Angeles, puis une voiture est venue se placer derrière la mienne, entre son image et son souvenir. Le feu passa au vert. *Go man !* »

Gregory Francœur rentra au Château des chats d'une seule traite, à toute vitesse, par l'autoroute infinie de la Central Valley qui déchire, droite comme un canal, l'immensité des terres irriguées. De chaque côté de l'Apocalypse, dans les brumes ensoleillées de mars, des arrosoirs mécaniques nourrissaient les sillons tracés au cordeau. Des tracteurs myopes comme des coléoptères géants traversaient ici et là le rideau délicat des fontaines. La terre fertilisée commençait d'accoucher de ses épinards et de ses fraises.

Quand, beaucoup plus tard, il atteignit la passe d'Altamont, à l'est de San Francisco, dont les collines sont couvertes de mille éoliennes blanches, il vit que les hélices qui tournaient n'étaient que des hélices et constata qu'il n'avait plus dans les veines une seule goutte de sang de Don Quichotte !

« Les autorités connaissent la suite des événements beaucoup mieux que moi. Lorsque je suis enfin arrivé rue Piedmont, Maritain m'attendait sur le pas de la porte comme s'il avait été prévenu. Il m'aida à rentrer les bagages, sortit deux bières du frigo et entreprit, en douceur, assis dans la cuisine, de me questionner : où étais-je donc allé ?

» – Les Amis d'Allan Hunger se sont réunis à quelques reprises, dit-il. Ils ont été déçus de votre absence. Vous aviez promis d'assumer certaines responsabilités.

» – Je sais, fis-je, en avalant une gorgée à même le goulot de la bouteille froide, mais j'avais retenu du professeur une leçon : il ne faut jamais s'empresser d'agir après un coup dur. Il est même préférable de se faire oublier. Disparaître dans la nature.

» – Vous n'aviez prévenu personne, dit Maritain avec une moue un peu triste, nous avons cru que vous nous aviez joué un tour.

» Je me mis à arpenter le linoléum en comptant sous mes pas les figures géométriques que j'écrasais. Puis je m'appuyai sur la cuisinière à gaz dont la porcelaine était tiède, vidai le reste de ma bière en trois gorgées ; je tentais de deviner ce que Maritain ne disait pas.

» – Quel tour est-ce que j'aurais pu vous jouer ?

» Maritain posa sa bouteille sur la table et se gratta l'arrière de la tête avec gêne.

» – Vous savez, Gregory, Allan Hunger, depuis plusieurs années, avait réussi à échapper à de nombreuses dénonciations. Il savait d'instinct comment déjouer les filatures et les complots, il plaçait toujours un écran entre la police et ses gestes.

» – Oui, dis-je, il m'avait raconté.

» – Alors, quand vous êtes disparu soudain, nous nous sommes dit que cela était étrange.

» – Quoi donc ?

» Mais je ne voulais pas vraiment entendre Maritain raconter la suite. Je le voyais se durcir peu à peu, la peau de son visage virant au blanc.

» – Le professeur a commencé à avoir des ennuis quelques jours après votre arrivée. Certains affirment que vous répondiez au téléphone dans son bureau.

» – Mais c'était aussi le mien !

» J'étais effaré.

» – D'autres ont trouvé bizarre que vous soyez la dernière personne à lui avoir adressé la parole avant sa disparition. Hunger vous avait même confié, selon vos propres paroles, qu'il serait à Hollywood le lundi suivant.

» – Et alors ?

» Maritain poursuivait comme une commère le raisonnement des Amis d'Allan Hunger, ravi de me rapporter leurs soupçons.

» – Alors, dit-il, nous avons cru que vous n'étiez pas innocent. Votre tâche était peut-être de mettre fin à une belle aventure ? Allan Hunger avait un faible pour les révolutionnaires exotiques, dont vous étiez, à ses yeux ; il est tombé comme un enfant dans le piège.

» Je secouai la tête, niant à mesure.

» – Est-ce que vous n'avez pas tenté, dès le départ, répliqua-t-il, de vous substituer à lui ? Nous aurions dû nous méfier et lui plus encore ! Sa mort vous a permis d'amener les membres du réseau à se découvrir dans les assemblées. Et quand tout a été mis au jour, vous êtes disparu soudain, un beau midi.

» – Vous ne croyez pas, *vraiment*, ce que vous dites ?!

» La colère me paralysait. Maritain s'est levé, me regardant avec des reproches plein les yeux. Je me suis emparé de la bouteille vide qu'il laissait sur la table, je l'ai lancée à travers le petit corridor ; elle a éclaté avec un bruit sourd en frappant le mur du salon. Sans se retourner, le concierge est sorti par la porte arrière, me laissant seul, face à ses insinuations. »

Francœur ne mangea, ni ne dormit vraiment, après la visite de Maritain. Il n'osait même plus regarder dehors. Il se sentait sali, berné. Le lendemain matin, alors qu'il allait prendre un bain, le policier qui l'avait conduit à l'hôpital, lors de l'attentat de People's Park, vint sonner à sa porte. Il le fit entrer et vit par-dessus son épaule Maritain sur le trottoir, de l'autre côté de la rue, qui regardait vers la maison.

– Les autorités s'inquiètent de la disparition de Terounech, dit le constable, qui réclama que Gregory le suive jusqu'au poste de Berkeley.

Francœur le pria d'attendre qu'il ait fini ses ablutions, puis s'habilla rapidement. Cette interpellation serait peut-être l'occasion rêvée de prouver sa bonne foi ! Est-ce qu'on arrête un délateur ?! C'est ainsi qu'à l'interrogatoire il refusa de dire où se trouvait l'Éthiopienne et fut incarcéré.

« On me transféra d'un bureau crasseux à un autre plus triste encore, d'un édifice vétuste à un building en béton, d'une cellule grise à cette prison tout confort. J'avais droit, me dit-on, à quelques appels téléphoniques, je tentai d'abord de rejoindre Mary Ann Wong. Elle devait être en orbite ! Le département, à l'université, quand je fis appel à ses services, choisit, par la voix de son administratrice toujours pressée, de ne pas s'en mêler. Tout au plus l'association des Communicateurs me proposa-t-elle le nom d'un avocat. Mais je ne savais pas encore à quelle sauce l'on me mangeait. C'est à ce moment précis que l'idée m'est venue de rédiger, pour me défendre, le récit de cette aventure californienne. Tous les jours, avant d'écrire, je salue le vieux dattier de la Death Valley que les jardiniers ne cessent d'arroser parce qu'il refuse de prendre racine en prison. Il y a trois semaines j'ai laissé l'Apocalypse sous les eucalyptus dans le parking ombragé du poste de police. Elle doit y être encore. »

Comme Hailé Sélassié, il s'était rendu à la prison en coccinelle ! Se demandant comment le vieux lion de Juda avait pu se faire à la vie carcérale, Gregory dormit une autre nuit sous les néons de la prison fédérale. Des rêves échevelés le ramenèrent à la bibliothèque de son père où il passa une éternité à classer des encyclopédies qui n'étaient jamais dans le bon ordre. Au matin, dès huit heures, Marleau l'attendait devant le parloir vitré. Quand il y fut amené, Francœur s'empara avec empressement du combiné et sans même s'asseoir demanda, inquiet, quelles nouvelles l'avocat lui apportait.

– Bonnes et mauvaises, lui répondit Marleau qui semblait assez réjoui dans son costume de toile beige tout neuf. Suzanne, à qui j'ai parlé ce matin, vous recommande d'accepter l'offre que j'ai négociée.

– Comment est-elle ? demanda Francœur, ne peut-elle vraiment pas venir ?

– Ce ne sera peut-être pas nécessaire, dit l'avocat. A certaines conditions, le procureur est prêt à laisser tomber les accusations de viol et d'incendie criminel qu'il a portées contre vous.

Gregory sentit son rythme cardiaque s'accélérer comme s'il avait couru un sprint démoniaque.

– Ont-ils donné des raisons valables ? Pourquoi me détenaient-ils vraiment ?

– Je pense, lui expliqua Marleau circonspect, qu'il est préférable de ne pas trop insister. Ne pas exiger de communiqués de presse et d'excuses publiques. Vous êtes détenu sous un ensemble de prétextes qui leur permettent à volonté d'interchanger les procédures. Disons, pour le viol, que l'enquête leur a fait découvrir, chez Cheryll Wilson, la victime, votre photographie découpée dans un journal ! Vous avez fait allusion à cette publication dans votre récit. Il semble que la jeune fille, enceinte, ait choisi de vous faire porter le poids de ses péchés pour sauver la face. Elle a avoué la vérité au détecteur de mensonge il y a une semaine.

– Alors, Marleau ! cria Gregory dans le téléphone, me voilà profondément humilié ! Sauvé par un polygraphe ! Absous par une aiguille ! Pardonné sur graphique ! C'est extraordinaire ! Je retire tout ce que j'ai pu écrire à ce jour contre la technologie ! L'Église catholique devrait installer ces machines dans les confessionnaux pour augmenter la productivité de son clergé !

– Je vois, dit Marleau tentant de le calmer, que vous devenez enfin vous-même !

– Pourquoi, s'ils savent cela depuis une semaine, dit soudain Francœur, ne m'en ont-ils pas avisé ?

– Parce qu'ils n'ont jamais cru à cette histoire de viol ! répondit l'avocat. Ce n'était qu'un parfait prétexte pour vous retenir et vous apeurer. Mais il y a autre chose : Roenicke voudrait troquer l'accusation d'incendie d'un édifice gouvernemental contre vos aveux de complicité dans un trafic d'étrangers indésirables.

– C'est ridicule, dit Francœur, je ne vais pas dénoncer le réseau.

– Il ne s'agit pas de cela, répondit Marleau, vous savez que la Californie mène une véritable guerre à la frontière mexicaine ? Hier seulement, m'a raconté Roenicke, ils ont arrêté plus de deux mille immigrants illégaux qu'ils vont refouler vers le sud ! Vous avez enfreint les règlements des articles 212-C et 280-A de la loi sur l'immigration, en transportant dans une voiture de marque Toyota, le mardi 10 février dernier, deux citoyens salvadoriens recherchés par les autorités de l'*Immigration and Naturalization Service* pour activités politiques illégales. Est-ce que vous niez ?

– Mais, Marleau ! dit Gregory en riant de son jargon légal, j'ai écrit cela en toutes lettres dans le texte dont Roenicke et vous avez copie ! Comment pourrais-je le nier maintenant !

– Très simplement, répondit l'avocat, vous ne pouvez témoigner contre vous-même, et seul votre journal pourrait vous incriminer.

– Alors je nie.

– Et Roenicke conserve contre vous l'accusation d'incendie portée précédemment ! répliqua l'avocat, patient.

– Qu'est-ce que vous me conseillez ?

– Je me suis rendu à Los Angeles dimanche à l'adresse que vous m'aviez confiée, rencontrer Mme Terounech Teklé. C'est une sacrée bonne femme ! Elle est prête à se dénoncer et même à retourner dans son pays si cela peut vous tirer d'un mauvais pas.

Gregory resta silencieux un instant, pendu au bout du téléphone, tentant de refaire en pensée le voyage qui les avait éloignés l'un de l'autre. Paysages et émotions. Accepterait-il de dire qu'il était, à sa façon, lui aussi amoureux ?

– Mais les papiers de Terounech sont en règle ! dit-il. Que gagnerait-on à la faire revenir à la surface ? C'est moi que l'INS poursuit, non ?

– Je pense que Mme Téklé a dit cela à tout hasard, avança Marleau, comme une femme pudique peut-être qui voulait que je transmette un message : elle désire vous aider.

– Qu'est-ce que je risque si je reconnais ma culpabilité dans le transport des clandestins ?

– Vous êtes vous-même un étranger en possession d'un permis de travail temporaire. Ils le révoqueront. Pour le reste, d'avoir ainsi aidé les clercs contrebandiers va vous mériter la déportation.

– Alors ! fit Francœur en souriant, qu'ils me déportent et tant pis pour le bonheur ! Je n'ai pas besoin d'une enquête pour être heureux.

– Vous reconnaissez vos actes, vous en acceptez les conséquences ?

Gregory voulut savoir s'il pourrait un jour remettre

les pieds aux États-Unis. A New York ou sur une plage de la Floride ?

– Vous pourrez faire réviser votre dossier tous les cinq ans, répondit l'avocat, mais rien ne garantit qu'ils vous blanchiront. Les services de l'Immigration sont très sévères, comme vous le savez.

Gregory remercia Marleau en lui serrant la main (de façon symbolique à travers la vitre) et raccrocha le téléphone sur son socle. L'avocat partit d'un pas léger. Francœur retourna dans ses quartiers, sous escorte, et, s'emparant d'une dernière tablette de feuilles jaunes, se mit à écrire avec ferveur, sous les yeux du gardien indifférent.

« Donc Terounech ne s'est pas perdue dans les bas-fonds de Venice ! Elle n'a pas fait la rencontre d'un metteur en scène fou et cocaïnomane. Peut-être lave-t-elle des assiettes bleues dans un restaurant chinois ? Elle a entrepris, sans doute, de se tailler un morceau d'utopie dans l'album californien, mais que peut-elle espérer vraiment dans ce pays ?

» Je devrai lui expliquer que nous ne ferons jamais partie, ni elle ni moi, des troupes de la nation la plus riche du monde. Cherche-t-elle une terre promise ? Je lui offrirai l'hiver, le temps gris, la gêne, l'instabilité, la forêt, je lui demanderai de m'épouser, Suzanne et Marleau seront nos témoins, Janvier sculptera un gâteau, nous irons en voyage de noces saluer mes parents et visiter la Provence ! Et si je suis encore capable de bander, lorsqu'elle applaudira, nous ferons un enfant que nous nommerons Bellatchow ("Tape-leur dessus") en souvenir de People's Park, USA.

» Bellatchow Francœur sera le premier descendant de la dynastie des Planétaristes ; il saura s'opposer avec ténacité aux fins du monde que nous préparent, inexorablement, les laboratoires de la Californie.

» Qu'ils brûlent ! »

Carton-pâte
Seghers, poésie, 1956

Les Pavés secs
Beauchemin, poésie, 1958

C'est la chaude loi des hommes
Hexagone, poésie, 1960

L'Aquarium
Seuil, roman, 1962
Boréal, « Boréal compact », 1989

Le Couteau sur la table
Seuil, roman, 1965
Boréal, « Boréal compact », 1989

D'amour P.Q.
Seuil-HMH, roman, 1972
et « Points Roman », n° R 446

Le Réformiste
Quinze, essai, 1975

L'Isle au Dragon
Seuil, roman, 1976

Salut Galarneau !
Seuil, roman, 1979
et « Points », n° P 92

Les Têtes à Papineau
Seuil, roman, 1981
Boréal, « Boréal compact », 1991

Le Murmure marchand
Boréal, essai, 1984
et « Boréal compact », 1989

Souvenirs shop
Hexagone, poésie, 1985

Plamondon, un cœur de rockeur
Éditions de l'Homme, essai, 1988

L'Écran du bonheur
Boréal, essai, 1990

L'Écrivain de province
Seuil, journal, 1991

Le Temps des Galarneau
Seuil, roman, 1993

COMPOSTION : I.G.S. CHARENTE-PHOTOGRAVURE À L'ISLE-D'ESPAGNAC
IMPRESSION : BUSSIÈRE CAMEDAN IMPRIMERIES À SAINT-AMAND (CHER)
DÉPÔT LÉGAL : OCTOBRE 1995. N° 25911 (4/790)